Francesco Petrarca, geboren am 20. Juli 1304 in Arezzo, ist am 18. Juli 1374 in Arquà bei Padua gestorben.

Zu Ostern 1327 will Petrarca die schöne und wahrscheinlich verheiratete Dame erblickt haben, die er Laura nennt. Die Begegnung soll in Avignon vor der Kirche Sainte-Claire stattgefunden haben. Ob das, was er darüber sagt und was er daraus gemacht hat, der Wahrheit entspricht, ist jedoch ebenso unwichtig wie etwa die Frage, ob Hänsel und Gretel wirklich in den Wald gegangen sind. Petrarca geht es hier um eine Begebenheit als Ausgangspunkt einer Liebesgeschichte, der Liebesgeschichte seines *Canzoniere.* Auch über die Person der Laura wurde viel spekuliert; doch ist auch hier fraglich, ob sie je existiert hat. Viel wird in Petrarcas Versen geweint, doch man muß sich das Weinen als einen Genuß vorstellen, ein ehrliches, ungeniertes Interesse am eigenen Empfinden, auch, und gerade, dem traurigen. Vielleicht kommt dieser Subjektivismus einem sich anbahnenden Lebensgefühl unserer Zeit entgegen. Das würde Petrarcas Chance, wieder Gehör zu finden, erhöhen – eine Chance, die durch Jürgen von Stackelbergs neue Wiedergabe in poetischer Prosa ungleich verstärkt wird.

insel taschenbuch 1976

Francesco Petrarca

Die schönsten Liebesgedichte

Francesco Petrarca
Die schönsten Liebesgedichte

Vierzig Sonette und Canzonen
Italienisch und deutsch
Übersetzt, erläutert und mit
einem Nachwort versehen von
Jürgen von Stackelberg
Insel Verlag

Umschlagabbildung: Antonio del Pollaiuolo, Profilbild einer jungen Frau, um 1465. Staatliche Museen zu Berlin Preußischer Kulturbesitz, Gemäldegalerie
Foto: Jörg P. Anders

insel taschenbuch 1976
Erste Auflage 1997
Originalausgabe

Textnachweise am Schluß des Bandes
Vertrieb durch den Suhrkamp Taschenbuch Verlag
Umschlag nach Entwürfen von Willy Fleckhaus
Satz: Hümmer GmbH, Waldbüttelbrunn
Druck: Nomos Verlagsgesellschaft, Baden-Baden
Printed in Germany

1 2 3 4 5 6 – 02 01 00 99 98 97

Inhalt

Vierzig Sonette
und Canzonen

I

Voi, ch'ascoltate in rime sparse il suono
di quei sospiri ond'io nudriva 'l core
in sul mio primo giovenile errore,
quand'era in parte altr'uom da quel ch'i'sono,

del vario stile in ch'io piango et ragiono,
fra le vane speranze e 'l van dolore,
ove sia chi per prova intenda amore,
spero trovar pietà, non che perdono.

Ma ben veggio or sì come al popol tutto
favola fui gran tempo, onde sovente
di me medesmo meco mi vergogno;

et del mio vaneggiar vergogna è 'l frutto,
e 'l pentersi, e 'l conoscer chiaramente
che quanto piace al mondo è breve sogno.

I

Ihr, die ihr in verstreuten Versen den Klang
der Seufzer vernehmt, mit denen ich in meinem ersten,
jugendlichen Irren mein Herz genährt, da ich
teilweise noch ein andrer war, als ich jetzt bin,

von euch erhoffe ich für die verschiedenen Töne,
in die sich meine Rede und mein Weinen kleidet,
für mein Schwanken zwischen eitler Hoffnung und eitlen
Schmerzen, so ihr je geliebt, Verzeihung oder doch Mitleid.

Freilich weiß ich, in welchem Ruf ich lange schon
bei allem Volke stehe – und oft schäme ich mich
in mir über mich selber;

ja, Scham ist meiner Eitelkeiten Frucht,
und Reue, und die klare Erkenntnis, daß,
was der Welt gefällt, ein kurzer Traum nur ist.

III

Era il giorno ch'al sol si scoloraro
per la pietà del suo Factore i rai,
quando i' fui preso, et non me ne guardai,
ché i be' vostr'occhi, Donna, mi legaro.

Tempo non mi parea da far riparo
contra' colpi d'Amor; però m'andai
secur, senza sospetto; onde i miei guai
nel commune dolor s'incominciaro.

Trovommi Amor del tutto disarmato,
et aperta la via per gli occhi al core,
che di lagrime son fatti uscio et varco.

Però, al mio parer, non li fu honore
ferir me de saetta in quello stato,
a voi armata non mostrar pur l'arco.

III

Es geschah an jenem Tage, an dem die Sonnenstrahlen
aus Mitleid mit ihrem Schöpfer sich verdüsterten,
daß ich getroffen wurde, weil ich dagegen nicht gewappnet war
und eure schönen Augen, Herrin, mich gefesselt haben.

Mich gegen die Schläge der Liebe zu wehren,
schien die Zeit zu fehlen, ich hielt mich
für sicher, ahnte nichts, und so kamen
meine Qualen in diese schmerzerfüllte Welt.

Amor fand mich gänzlich ungerüstet vor,
er fand ins Herz den Weg über die Augen,
die nun den Tränen Tür und Tore öffnen.

Doch es lag, so scheint mir, kein Verdienst darin,
mich mit dem Pfeile dergestalt zu treffen
und der Gewappneten den Bogen zu verbergen.

XII

*S*e la mia vita da l'aspro tormento
si può tanto schermire, et da gli affanni,
ch'i veggia per vertù de gli ultimi anni,
Donna, de' be' vostr'occhi il lume spento,

e i cape' d'oro fin farsi d'argento,
et lassar le ghirlande e i verdi panni,
e 'l viso scolorir, che ne' miei danni
a· llamentar mi fa pauroso et lento,

pur mi darà tanta baldanza Amore,
chi'i' vi discovrirò de' mei martiri
qua' sono stati gli anni e i giorni et l'ore;

et se 'l tempo è contrario a i be' desiri,
non fia ch'almen non giunga al mio dolore
alcun soccorso di tardi sospiri.

XII

Wenn ich mein Leben vor dem rauhen Sturm
so lange schützen kann und ich nach all den Qualen,
die in den letzten Jahren ich erlitt, o Herrin,
erlebe, wie das Licht in euren schönen Augen matter wird,

und wie die feinen goldnen Haare silbrig werden,
die Kränze nicht mehr sind und nicht das grüne Kleid,
und das Gesicht verblaßt, das mich zu meinem Schaden
klagen läßt, furchtsam und unentschlossen macht,

dann wird die Liebe mir die Kühnheit geben,
euch meine Leiden darzutun, die meine Jahre,
Tage und Stunden erfüllten;

und wenn die Zeit dem schönen Verlangen
im Wege steht, so möge meinem Leiden wenigstens
aus euren späten Seufzern Trost erstehen.

XV

I*o mi rivolgo indietro a ciascun passo*
col corpo stancho ch'a gran pena porto,
et prendo allor del vostr'aere conforto
che 'l fa gir oltra, dicendo: «Oimè lasso!»

Poi, ripensando al dolce ben ch'io lasso,
al camin lungo, et al mio viver corto,
fermo le piante sbigottito et smorto,
et gli occhi in terra lagrimando abasso.

Talor m'assale in mezzo a' tristi pianti
un dubbio: come posson queste membra
da lo spirito lor viver lontane?

Ma rispondemi Amor: «Non ti rimembra
che questo è privilegio de gli amanti,
sciolti da tutte qualitati humane?»

XV

Bei jedem Schritt des müden Körpers, den ich
mit großer Mühe schleppe, wende ich mich zurück,
doch dann stärkt mich der Hauch, der von euch ausgeht
und der mich wieder vorwärts treibt. Ich Armer!

Denk ich an das so süße Gut, das ich verlasse,
an meinen langen Weg und an das kurze Leben,
so ende ich bestürzt und todesbang mein Klagen
und blicke, tränenden Auges, zu Boden.

Manchmal befällt ein Zweifel mich inmitten
meiner Klagen. Wie können diese Glieder so weit
entfernt vom Geist, der sie beseelt, denn leben?

Doch Amor gibt die Antwort: »Weißt du nicht,
daß dies das Vorrecht derer ist, die losgelöst
von aller Menschenweise lieben?«

XVI

Movesi il vecchierel canuto et biancho
del dolce loco ov'à sua età fornita,
et da la famigliuola sbigottita
che vede il caro padre venir manco;

indi trahendo poi l'antiquo fianco
per l'extreme giornate di sua vita,
quanto più pò, col buon voler s'aìta,
rotto da gli anni et dal camino stanco;

et viene a Roma, seguendo 'l desio,
per mirar la sembianza di Colui
ch'ancor lassù nel ciel vedere spera.

Così, lasso, talor vo cerchand'io,
Donna, quanto è possibile, in altrui
la disïata vostra forma vera.

XVI

Sein trautes Heim verläßt der Alte mit dem silber-
grauen Haar, der dort sein ganzes Leben zugebracht,
und seine Familie sieht voll Bangen den geliebten
Vater von dannen ziehen; es schmerzen

die altersschwachen Glieder ihn
auf seiner allerletzten Reise,
doch der vom Weg und von den Jahren müde Greis
schleppt sich, so gut er kann, nach Rom.

Ihn zieht der Wunsch, denjenigen zu sehen,
der jenem ähnlich sieht, den er im Himmel
zu erblicken hofft, schon hier auf Erden.

Nicht anders, ach, verlangt es mich nach meiner
Herrin, und ich suche, wenn möglich, in anderen
einen Abglanz eurer wahren Schönheit zu erspähen.

XXXV

Solo et pensoso i più deserti campi
vo mesurando a passi tardi et lenti,
et gli occhi porto per fuggire intenti
ove vestigio human l'arena stampi.

Altro schermo non trovo che mi scampi
dal manifesto accorger de le genti,
perché ne gli atti d'alegrezza spenti
di fuor si legge com'io dentro avampi;

sì ch'io mi credo omai che monti et piagge
et fiumi et selve sappian di che tempre
sia la mia vita, ch'è celata altrui.

Ma pur sì aspre vie né sì selvagge
cercar non so, ch'Amor non venga sempre
ragionando con meco, et io co· llui.

XXXV

Einsam und gedankenvoll durchmesse ich,
langsamen Schrittes, die verlassensten Gefilde
und spähe, um sie zu meiden,
nach Menschenspuren in dem Sand.

Ich weiß mich anders nicht zu schützen
vor Neugier und Aufmerksamkeit der Menschen,
denn meinem freuderloschenen Gebaren
ist abzulesen, wie ich im Innern brenne,

so daß ich bereits glaube, es wüßten die Berge
und Täler, die Flüsse und Wälder, wie es um mich steht
und was ich allen Leuten verberge.

Doch so wilde und unwegsame Pfade,
daß Amor sie nicht fände, gibt es nicht:
stets redet er mit mir und ich mit ihm.

XLVI

L'oro et le perle, e i fior vermigli e i bianchi,
che 'l verno devrìa far languidi et secchi,
son per me acerbi et velenosi stecchi,
ch'io provo per lo petto et per li fianchi.

Però i dì miei fien lagrimosi et manchi,
ché gran duol rade volte aven che 'nvecchi;
ma più ne colpo i micidiali specchi,
che 'n vagheggiar voi stessa avete stanchi.

Questi poser silentio al Signor mio,
che per me vi pregava, ond'ei si tacque,
veggendo in voi finir vostro desio;

questi fuôr fabbricati sopra l'acque
d'abisso, et tinti ne l'eterno oblio;
onde 'l principio de mia morte nacque.

XLVI

Das Gold, die Perlen, die roten und die weißen Blumen,
die der Winter welken und verdorren läßt,
sind spitze und giftige Dornen, die
ins Herz mir und in die Seite stechen.

Mein Leben kann nur tränenreich und kurz sein:
so großer Schmerz erlaubt kein Altern;
die Hauptschuld aber tragen jene tödlichen Spiegel,
die ermüdet sind von meinen Blicken:

sie haben Amor Einhalt geboten, der für mich
flehte. Er schwieg, als er erkennen mußte,
daß Ihr mein Verlangen von Euch weist;

sie wurden an den Wassern des Abgrundes hergestellt,
ewiges Vergessen ist in sie eingefärbt;
sie bergen den Keim zu meinem Tod.

L

*N*e la stagion che 'l ciel rapido inchina
verso occidente, et che 'l dì nostro vola
a gente che di là forse l'aspetta,
veggendosi in lontan paese sola,
la stancha vecchiarella pellegrina
raddoppia i passi, et più et più s'affretta;
et poi così soletta,
al fin di sua giornata
talora è consolata
d'alcun breve riposo, ov'ella oblìa
la noia e 'l mal de la passata via.
Ma, lasso, ogni dolor che 'l dì m'adduce,
cresce qualor s'invia
per partirsi da noi l'eterna luce.

Come 'l sol volge le 'nfiammate rote
per dar luogo a la notte, onde discende
da gli altissimi monti maggior l'ombra,
l'avaro zappador l'arme riprende,
et con parole et con alpestri note
ogni graveza del suo pecto sgombra;
et poi la mensa ingombra
di povere vivande,
simili a quelle ghiande,
le qua' fuggendo tutto 'l mondo honora.
Ma chi vuol si rallegri ad ora ad ora;
ch'i' pur non ebbi anchor, non dirò lieta,

L

Zu der Stunde, wo der Himmel sich rascher gen Westen
neigt und unser Tag zu Menschen fliegt, die drüben
ihn vielleicht erwarten, beschleunigt,
wenn sie sich allein im fernen Lande sieht,
die müde alte Pilgerin die Schritte,
und eilt und eilt,
wie einsam sie auch sein mag.
Und geht sodann ihr Tag zur Neige,
spendet ein kurzer Schlaf
ihr Trost, und sie vergißt
alle Beschwernis des Wegs, den sie zurückgelegt.
Mir aber, wehe! wächst die Qual,
die mir der Tag gebracht, sobald das ew'ge Licht
von hinnen geht.

Wenn der Sonnenwagen seine Flammenräder wendet,
um in die Nacht zu tauchen, und von den Bergeshöhen
die Schatten immer länger fallen,
ergreift der arme Landmann sein Gerät,
schafft sich mit Worten und einem rauhen Lied
des Tages Last von seiner Brust,
belädt den Tisch
mit kargen Früchten,
gleich jenen Eicheln,
die alle preisen und doch keiner mag.
Mag freuen sich, wer will, zu dieser Zeit:
ich habe keine frohe, ja,

ma riposata un'hora,
né per volger di ciel né di pianeta.

Quando vede 'l pastor calare i raggi
del gran pianeta al nido ov'egli alberga,
e 'nbrunir le contrade d'orïente,
drizzasi in piedi, et co l'usata verga,
lassando l'erba et le fontane e i faggi,
move la schiera sua soavemente;
poi, lontan da la gente,
o casetta o spelunca
di verdi frondi ingiuncha;
ivi senza pensier' s'adagia et dorme.
Ahi, crudo Amor, ma tu allor più m'informe
a seguir d'una fera che mi strugge
la voce e i passi et l'orme,
et lei non stringi che s'appiatta et fugge.

E i naviganti in qualche chiusa valle
gettan le membra, poi che 'l sol s'asconde,
sul duro legno et sotto a l'aspre gonne.
Ma io, perché s'attuffi in mezzo l'onde,
et lasci Hispagna dietro a le sue spalle,
et Granata et Marroccho et le Colonne,
et gli uomini et le donne
e 'l mondo et gli animali
aquetino i lor mali,
fine non pongo al mio obstinato affanno;
et duolmi ch'ogni giorno àrroge al danno;
ch'i' son già, pur crescendo in questa voglia,

nicht einmal ruhige Stunde zugebracht,
solange die Planeten sich am Himmel drehen.

Wenn der Hirte die Strahlen des großen Sterns
sich jenem Nest zuwenden sieht, in dem sie ruhen,
wenn das Land im Osten dunkelt,
erhebt er sich und treibt mit dem gewohnten Stecken
gemächlich seine Herde von der Weide,
von den Buchen und vom Quell,
und er bereitet, fern von allen Menschen,
sich ein frischgestreutes Lager
in seiner Hütte oder Höhle,
um darauf sorgenlos und sanft zu ruhen.
Ach, Amor, unbarmherzig zwingst du mich dann,
ein Wild zu jagen, das mir die Stimme,
die Schritte und Spuren auslöscht,
meinem Zugriff entwischt und flieht.

In der geschloßnen Bucht strecken die Schiffer,
sobald die Sonne untergeht,
die Glieder aus auf harten Planken, ohne
ihre Kleider auszuziehen.
Doch ich, indes die Sonne in den Fluten versinkt,
Spanien hinter sich läßt,
Granada, Marokko und die Säulen des Herkules,
sie Männern und Frauen,
der Welt und allen Tieren
ihre Sorgen nimmt,
ich werde meinen heillosen Schmerz nicht los,
der sich von Tag zu Tag verschlimmert:

ben presso al decim'anno,
né poss'indovinar chi me ne sciolglia.

Et perché un poco nel parlar mi sfogo,
veggio la sera i buoi tornare sciolti
da le campagne et da' solcati colli.
I miei sospiri a me perché non tolti
quando che sia? perché no 'l grave giogo?
perché dì et notte gli occhi miei son molli?
Misero me, che volli,
quando primier sì fiso
gli tenni nel bel viso,
per iscolpirlo, imaginando, in parte
onde mai né per forza né per arte
mosso sarà, fin ch'i' sia dato in preda
a chi tutto diparte.
Né so ben ancho che di lei mi creda.

Canzon, se l'esser meco
dal matino a la sera
t'à fatto di mia schiera,
tu non vorrai mostrarti in ciascun loco;
et d'altrui loda curerai sì poco,
ch'assai ti fia pensar di poggio in poggio
come m'à concio 'l foco
di questa viva petra, ov'io m'appoggio.

mir steigert er sich schon ins zehnte Jahr,
und keinen Menschen kenne ich, der mich von ihm erlöst.

Um mir das Herz mit Worten ein wenig zu erleichtern,
schaue ich abends den Ochsen zu, wie sie, vom Joch befreit,
von den gepflügten Äckern heimwärts ziehen.
Warum nur, warum befreit mich keiner
endlich von meinen Qualen?
von meinem schweren Joch? Warum sind mir
die Augen feucht bei Tag und Nacht?
Ich Elender, ach, ich wollte es ja so, als ich
zum ersten Mal die Augen ihrem schönen Antlitz
zuwandte, wohl wissend, daß nicht List und nicht Gewalt
sie wieder lösen könnten bis an mein Ende,
das mich von allem scheidet:
doch ob auch von ihr,
das weiß ich nicht.

Wenn du mir, mein Lied, zum treuen Gefährten
geworden bist und mich vom Morgen bis zum Abend
begleitet hast, so wirst du doch nicht allerorten
dich zeigen wollen, nicht um das Lob der Welt
dich kümmern: mögest du von Gipfel zu Gipfel
wandern, wie mich zu tun gezwungen hat
der Funken, der von diesem lebendigen Stein
ausgeht, auf den ich mein Leben stütze.

LXI

Benedetto sia 'l giorno, e 'l mese, et l'anno,
et la stagione, e 'l tempo, et l'ora, e 'l punto,
e 'l bel paese, e 'l loco ov'io fui giunto
da' duo begli occhi che legato m'ànno;

et benedetto il primo dolce affanno
ch'i' ebbi ad esser con Amor congiunto,
et l'arco, et le saette ond'i' fui punto,
et le piaghe che 'nfin al cor mi vanno.

Benedette le voci tante ch'io,
chiamando il nome de mia Donna, ò sparte,
e i sospiri, et le lagrime, e 'l desio;

et benedette sian tutte le carte
ov'io fama l'acquisto, e 'l pensier mio,
ch'è sol di lei, sì ch'altra non v'à parte.

LXI

Gepriesen sei der Tag, der Monat und das Jahr,
die Jahreszeit, die Stunde und der Augenblick,
die schöne Gegend und der Ort, wo sie mit ihren
schönen Augen mich anblickte, die mich gefesselt haben;

gepriesen sei das erste süße Bangen,
das mich ergriff, als Amor sich zu mir gesellte,
der Bogen und die Pfeile, die mich trafen,
und die Wunden, die sie ins Herz mir schlugen;

gepriesen seien die Worte, die ich brauche,
um meiner Herrin Namen zu preisen, die vergossenen
Tränen, die Seufzer und mein Sehnen;

Gepriesen sei das Schreiben, das
mir Ruhm erwirbt, und alles Denken,
das ihr gilt, nur ihr, und keiner anderen.

LXXIV

*I*o son già stanco di pensar sì come
i miei pensier in voi stanchi non sono,
et come vita anchor non abbandono
per fuggir de' sospir sì gravi some;

et come a dir del viso et de le chiome
et de' begli occhi, ond'io sempre ragiono,
non è mancata omai la lingua e 'l suono,
dì et notte chiamando il vostro nome;

et che' pie' miei non son fiaccati et lassi
a seguir l'orme vostre in ogni parte,
perdendo inutilmente tanti passi;

et onde vien l'enchiostro, onde le carte
ch'i' vo empiendo di voi. Se 'n ciò fallassi,
colpa d'Amor, non già defecto d'arte.

LXXIV

Ich bin es müde, darüber nachzusinnen, wie es kommt,
daß ich's nicht müde werde, immer an Euch zu denken,
und wie es kommt, daß ich nicht aus dem Leben scheide,
um die schwere Bürde meiner Leiden loszuwerden;

wie vom Antlitz, von den Locken, von den schönen
Augen zu reden mir niemals die Worte
fehlen noch die Töne, Euren Namen
bei Tag und Nacht zu nennen,

wie es kommt, daß meine Füße nicht erlahmen,
Euren Spuren überallhin zu folgen,
und zwecklos meine Schritte zu vergeuden,

und woher Papier und Tinte rühren, die,
Euch zu preisen, mir dienen? Doch wäre es nicht so,
wäre die Liebe schuld und nicht mein Dichterstreben.

XC

*E*rano i capei d'oro a l'aura sparsi,
che 'n mille dolci nodi gli avolgea;
e 'l vago lume oltra misura ardea
di quei begli occhi, ch' or ne son sì scarsi;

e 'l viso di pietosi color farsi,
non so se vero o falso, mi parea;
i', che l'ésca amorosa al petto avea,
qual meraviglia se di sùbito arsi?

Non era l'andar suo cosa mortale,
ma d'angelica forma; et le parole
sonavan altro, che pur voce humana:

uno spirto celeste, un vivo sole
fu quel ch'i' vidi; et, se non fosse or tale,
piaga per allentar d'arco non sana.

XC

Ihr goldenes Haar wehte lose im Wind
und ringelte sich zierlich tausendfach;
über die Maßen brannte das Zauberlicht
der schönen Augen, die nun so glanzlos sind;

und Mitleid, schien mir, färbte ihr Gesicht,
ob's wirklich so war, weiß ich nicht. Was Wunder,
daß, wer schon die Glut im Herzen trug,
sogleich in Liebe ganz entflammte?

Ihr Schreiten glich dem keiner Sterblichen,
denn es war engelsgleich, und ihre Worte
klangen nicht so, wie Menschenworte klingen.

Eine Himmelserscheinung, eine leibhafte Sonne
war, was ich sah, und ist sie's jetzt nicht mehr,
so heilt, weil schlaff der Bogen, doch die Wunde nicht.

CVII

*N*on veggio ove scampar mi possa omai.
Sì lunga guerra i begli occhi mi fanno,
ch'i' temo, lasso, no 'l soverchio affanno
distruga 'l cor che triegua non à mai.

Fuggir vorrei; ma gli amorosi rai,
che dì et nocte ne la mente stanno,
risplendon sì, ch'al quintodecimo anno
m'abbaglian più che 'l primo giorno assai;

et l'imagine lor son sì cosparte
che volver non mi posso, ov'io non veggia
o quella o simil indi accesa luce.

Solo d'un lauro tal selva verdeggia,
che 'l mio adversario con mirabil arte
vago fra i rami, ovunque vuol, m'adduce.

CVII

Wohin ich fliehen könnte, weiß ich nicht.
So lange führen ihre schönen Augen Krieg mit mir;
ich fürchte, ach, das Herz, das niemals Ruhe findet,
zerbricht vor so viel Anspannung.

Ich möchte fliehen, doch die Liebesstrahlen,
die mich im Geiste treffen Tag und Nacht,
leuchten so hell, daß sie nach fünfzehn Jahren
mich mehr noch blenden als am ersten Tag.

Allüberall dringen sie hin. Ich kann mich nirgendwo
verstecken: entweder sehe ich sie oder
die Helligkeit, die sie verbreiten.

Einzig ein Lorbeer grünt im Walde,
und mit bewundernswerter List lockt stets
mein Feind mich dahin, wo er will.

CXXVI

Chiare, fresche, et dolci acque,
ove le belle membra
pose colei che sola a me par donna;
gentil ramo, ove piacque
(con sospir mi rimembra)
a lei di fare al bel fiancho colonna;
herba et fior, che la gonna
leggiadra ricoverse
co l'angelico seno;
aere sacro, sereno,
ove Amor co' begli occhi il cor m'aperse;
date udïenzia insieme
a le dolenti mie parole extreme.

S'egli è pur mio destino,
(e 'l cielo in ciò s'adopra),
ch'Amor quest'occhi lagrimando chiuda,
qualche gratia il meschino
corpo fra voi ricopra,
e torni l'alma al proprio albergo ignuda.
La morte fia men cruda,
se questa spene porto
a quel dubbioso passo;
ché lo spirito lasso
non porìa mai in più riposato porto,
né in più tranquilla fossa,
fuggir la carne travagliata et l'ossa.

CXXVI

Ihr klaren, kühlen, trauten Fluten,
in die die schönen Glieder getaucht
die einzig mir Herrin zu sein schien,
freundlicher Zweig, an den zu lehnen
(ich denke mit Seufzen daran)
es ihr gefiel, als wär es eine Säule,
ihr Gräser und ihr Blumen, die das
leichte Kleid
zierlich sich bauschend
bedeckte, heilig-heitre Luft,
wo Gott Amor mir durch ihre schönen Augen
das Herz geöffnet hat: leiht alle
meinen letzten Klageworten euer Ohr!

Sollt' es mein Schicksal sein
(und der Himmel es so fügen),
daß Amor diese Augen mit Tränen schließt,
so werde dem hinfälligen Leib
die Gnade, bei euch zu ruhn, zuteil:
nackt möge meine Seele in ihre Heimat
eingehen. Es nähme dem Tod sein Grauen,
wenn ich diese Hoffnung hegen dürfte.
In keinen stilleren Hafen
kann mein lebensmüder Geist
den Schritt ins Ungewisse tun,
er kann kein friedlicheres Grab
sich wünschen, um den zermürbten Gebeinen zu entgehen.

Tempo verrà anchor forse
ch'a l'usato soggiorno
torni la fera bella e mansueta,
e là 'v'ella mi scòrse
nel benedetto giorno,
volga la vista disiosa e lieta,
cercandomi; et, o pièta!
già terra in fra le pietre
vedendo, Amor l'inspiri
in guisa che sospiri
sì dolcmente che mercè m'impetre,
e faccia forza al cielo,
asciugandosi gli occhi col bel velo.

Da' be' rami scendea
(dolce ne la memoria)
una pioggia di fior sovra 'l suo grembo;
et ella si sedea
umile in tanta gloria,
coverta già de l'amoroso nembo:
qual fior cadea sul lembo,
qual su le treccie bionde,
ch'oro forbito e perle
eran quel dì a vederle;
qual si posava in terra, e qual su l'onde;
qual con un vago errore
girando parea dir: «Qui regna Amore».

Quante volte diss'io
allor pien di spavento:
«Costei per fermo nacque in paradiso!»

Vielleicht kommt einmal auch die Zeit,
wo die verschmähend-huldvoll Schöne
zu der vertrauten Stätte eilt
und frohen Blicks und voller Sehnsucht
mich dort sucht, wo sie an jenem
gebenedeiten Tage mich hat angeschaut,
und voller Erbarmen
wird sie dann dessen gewahr,
wie unter den Steinen ich zu Erde ward.
Dann wird die Liebe inniglich sie
Gnade vom Himmel erflehen lassen
und sie erwirken, die Augen
mit ihrem schönen Schleier trocknend.

Von den schönen Zweigen schwebte
(welch süße Erinnerung!)
ein Blumenregen hinab
in ihren Schoß. In aller Glorie
saß sie demütig da,
von einer liebenden Wolke umhüllt.
Ein Blütenblatt fiel auf den Saum
des Kleides, ein anderes
fiel auf ihr blondes Haar,
das glänzte auf wie Perlen,
eins flattert auf die Erde, eines in die Flut
und eines schien unsicher irrend
zu sagen: hier herrscht Amor!

Wie viele Male sagte ich damals
erschauernd: sie ist gewiß
im Paradies geboren! So sehr

Così, carco d'oblio,
il divin portamento,
e 'l volto, el le parole, e 'l dolce riso
m'aveano, et sì diviso
da l'imagine vera,
ch'i' dicea sospirando:
«Qui come venn'io, o quando?»,
credendo esser in ciel, non là dov'era.
Da indi in qua mi piace
questa herba sì, ch'altrove non ò pace.

Se tu avessi ornamenti quant'ài voglia,
poresti arditamente
uscir del boscho, et gir in fra la gente.

hatt' ihre göttliche Erscheinung,
ihr Antlitz, ihre Rede und das traute Lächeln
mich mit Vergessen geschlagen,
so weit war ich von ihrem wahren Dasein
entfernt, daß seufzend ich nicht wußte,
woher und wann ich hierher kam.
Ich glaubte im Himmel zu sein,
nicht dorten, wo ich war.
Seitdem gefallen mir die Gräser in dem Tal
so gut, daß anderswo kein Frieden ist für mich.

Ach wärest du, mein Lied, so kunstvoll,
wie ich möchte, so könntest kühnlich du
den Wald verlassen und unter Menschen gehen.

CXXXII

S'amor non è, che dunque è quel ch'io sento?
Ma s'egli è amor, per Dio, che cosa et quale?
Se bona, ond'è l'effecto aspro mortale?
Se ria, ond'è sì dolce ogni tormento?

S'a mia voglia ardo, ond'è 'l pianto e lamento?
S'a mal mio grado, il lamentar che vale?
O viva morte, o dilectoso male,
come puoi tanto in me, s'io no 'l consento?

Et s'io 'l consento, a gran torto mi doglio.
Fra sì contrari venti in frale barca
mi trovo in alto mar, senza governo,

sì lieve di saver, d'error sì carca,
ch'i' medesmo non so quel ch'io mi voglio;
e tremo a mezza state, ardendo il verno.

CXXXII

Wenn es nicht Liebe ist, was ist's dann, das ich fühle?
Doch wenn es Liebe ist, bei Gott, was ist und wie ist das?
Ist es ein Gut, wie kann es einen so tödlich treffen?
Ist es ein Übel, warum sind dann die Qualen so süß?

Wenn ich freiwillig glühe, warum beklage ich mich dann?
Geschieht es wider Willen, was nützt dann das Klagen?
O lebendiger Tod, o Unheil voller Segen,
was verfügst du über mich, meinem Willen entgegen?

Wenn ich es aber will, beschwere ich zu Unrecht mich.
Bei widrigen Winden treibe ich auf hoher See
in einer morschen Barke, steuerlos,

so leicht an Wissen und so irrtumbeladen,
daß ich nicht weiß, was ich mir wünschen soll:
ich fröstele im Sommer und glühe im Winter!

CXXXIV

Pace non trovo, et non ò da far guerra;
e temo, et spero; et ardo, et son un ghiaccio;
et volo sopra 'l cielo, et giaccio in terra;
et nulla stringo, et tutto 'l mondo abbraccio.

Tal m'à in pregion, che non m'apre né serra,
né per suo mi riten né scioglie il laccio;
et non m'ancide Amore, et non mi sferra,
né mi vuol vivo, né mi trae d'impaccio.

Veggio senza occhi, et non ò lingua, et grido;
et bramo di perir, et cheggio aìta;
et ò in odio me stesso, et amo altrui.

Pàscomi di dolor, piangendo rido;
egualmente mi spiace morte et vita.
In questo stato son, Donna, per vui.

CXXXIV

Ich finde keinen Frieden und führe doch nicht Krieg,
ich fürchte und hoffe, ich brenne und friere zu Eis,
flieg' in den Himmel hinauf und liege auf dem Boden,
bekomme nichts zu fassen und umfasse die ganze Welt.

Etwas läßt mich nicht los und hält mich doch nicht fest,
es hält mich nicht zurück und löst doch nicht die Fesseln,
die Liebe tötet mich nicht und gibt mich doch nicht frei,
sie will nicht, daß ich lebe, doch leb' ich ausweglos.

Ich sehe ohne Augen, schreie ohne Zunge,
drohe unterzugehen und rufe um Hilfe,
ich hasse mich selbst und liebe die anderen.

Ich labe mich am Schmerz und lache weinend:
Leben und Tod sind beide mir gleich zuwider.
Dies, Herrin, ist der Zustand, in den ihr mich versetzt.

CLXIV

Or che 'l ciel et la terra e 'l vento tace,
et le fere e gli augelli il sonno affrena,
Notte il carro stellato in giro mena,
et nel suo letto il mar senz'onda giace,

vegghio, penso, ardo, piango; et chi mi sface
sempre m'è inanzi per mia dolce pena:
guerra è 'l mio stato, d'ira et di duol piena;
et sol di lei pensando ò qualche pace.

Così sol d'una chiara fonte viva
move 'l dolce et l'amaro, ond'io mi pasco;
una man sola mi risana et punge.

Et, perché 'l mio martìr non giunga a riva,
mille volte il dì moro et mille nasco;
tanto da la salute mia son lunge.

CLXIV

N*un, da der Himmel und die Erde und die Winde schweigen,*
die Vögel und das Wild im Schlafe reglos ruhn,
die Nacht den Sternenwagen kreisen läßt
und wellenlos das Meer in seinem Bette schläft,

wache und sinne, glühe und weine ich:
zu meiner süßen Strafe steht vor mir, die mich zugrunde richtet,
Krieg ist mein Zustand, voller Zorn und voller Schmerzen,
nur wenn ich an sie denke, hab' ich kurzen Frieden.

Ein und derselben Quelle entströmen Bitternis und Süße,
sie stillt meinen Durst, es ist dieselbe Hand,
die mich verwundet und die heilt.

Kein Ufer winkt meinem Martyrium,
ich sterbe täglich tausendfach und werde
neugeboren: so weit bin ich von meinem Heil entfernt.

CLXXVI

Per mezz'i boschi inhospiti et selvaggi,
onde vanno a gran rischio uomini et arme,
vo securo io; ché non pò spaventarme
altri che 'l Sol ch' à d'Amor vivo i raggi.

Et vo cantando (o penser miei non saggi!)
lei che 'l ciel non poria lontana farme;
ch'i' l'ò ne gli occhi; et veder seco parme
donne et donzelle, et sono abeti et faggi.

Parme d'udirla, udendo i rami et l'ôre
et le frondi et gli augei lagnarsi, et l'acque
mormorando fuggier per l'erba verde.

Raro un silentio, un solitario horrore
d'ombrosa selva mai tanto mi piacque;
se non che dal mio Sol troppo si perde.

CLXXVI

Durch unwirtliche und wüste Wälder,
die selbst Menschen mit Waffen meiden,
streife ich ungescheut: nichts als die Sonne,
die sich Amors Strahlen leiht, kann mich erschrecken.

Und ich besinge (wider alle Vernunft) die,
die der Himmel nicht von mir trennen kann,
die mir vor Augen steht inmitten von Frauen
und Mädchen – doch es sind Tannen und Buchen!

Mir scheint, ich höre sie, wenn ich die Blätter
im Winde rascheln höre, die Vögel singen
und Bäche hinmurmeln durch das grüne Gras.

Ein Schweigen dann und wann, ein einsames Erschauern
des Waldesschattens ergreift mich überraschend, doch
die Strahlen meiner Sonne dringen hier nicht durch.

CLXXXIX

Passa la nave mia colma d'oblio
per aspro mare, a mezza notte il verno,
en fra Scilla et Caribdi; et al governo
siede 'l Signore, anzi 'l nimico mio.

A ciascun remo un penser pronto et rio,
che la tempesta e 'l fin par ch'abbi a scherno;
la vela rompe un vento humido, eterno,
di sospir, di speranze, et di desio.

Pioggia di lagrimar, nebbia di sdegni
bagna et rallenta le già stanche sarte,
che son d'error con ignorantia attorto.

Celansi i duo mei dolci usati segni;
morta fra l'onde è la ragion et l'arte,
tal ch'i' 'ncomincio a desperar del porto.

CLXXXIX

Beladen mit Vergessen treibt mein Schiff
durchs rauhe Meer, zu Mitternacht im Winter,
zwischen Scylla und Charybdis, und am Steuer
sitzt mein Herr, vielmehr: mein Feind Amor;

bei jedem Ruderschlag zuckt unheilvolles Denken
auf, dem Sturm und Tod höhnisch antworten,
ein immer nasser Wind zerreißt die Segel
mit Seufzern, Hoffen und Sehnen.

Es regnet Tränen, Nebel der Verachtung
nässen und lockern die erschlafften Taue,
um die sich Irrtum und Nichtwissen winden.

Verborgen sind die beiden süßen, vertrauten Zeichen,
Vernunft und Kunst sind in der Flut versunken,
so daß ich fürchten muß, den Hafen nicht zu finden.

CXCII

Stiamo, Amor, a veder la gloria nostra,
cose sopra natura altere et nove.
Vedi ben quanta in lei dolcezza piove,
vedi lume che 'l cielo in terra mostra!

Vedi quant'arte dora e 'mperla e 'nostra
l'abito electo, et mai non visto altrove,
che dolcemente i piedi et gli occhi move
per questa di bei colli ombrosa chiostra!

L'erbetta verde e i fior di color mille
sparsi sotto quel'elce antiqua et negra,
pregan pur che 'l bel pe'li prema o tocchi;

e 'l ciel di vaghe et lucide faville
s'accende intorno, e'n vista si rallegra
d'esser fatto seren da sì belli occhi.

CXCII

Halt inne, Amor, unsere Glorie zu schauen,
Übernatürliches, Hochherziges und Neues:
sieh, welcher süße Reiz von ihr ausgeht,
sieh dieses Himmelslicht auf Erden!

Sieh, welche Kunst mit Gold die Auserwählte
und Perlen ziert wie keine andere hienieden,
wie anmutig sie blickt und schreitet
durch die Hügelschatten dieser Schlucht.

Das grüne Gras und die buntfarbigen Blumen
unter der alten, düsteren Eiche bitten,
sie möge sie mit Füßen treten und berühren.

Der Himmel läßt für sie ringsum
die Funken hell aufflimmern, denn er freut sich
darüber, daß ihre schönen Augen ihn erheitern.

CCIX

I dolci colli ov'io lasciai me stesso,
partendo, onde partir già mai non posso,
mi vanno innanzi, et èmmi ogni or adosso
quel caro peso, ch'Amor m'à commesso.

Meco di me mi meraviglio spesso,
ch'i' pur vo sempre, et non son anchor mosso
dal bel giogo più volte indarno scosso,
ma com' più me n'allungo, et più m'appresso.

Et qual cervo ferito di saetta,
col ferro avelenato dentr'al fianco,
fugge, et più duolsi quanto più s'affretta,

tal io, con quello stral dal lato manco,
che mi consuma, et parte mi diletta,
di duol mi struggo, et di fuggir mi stanco.

CCIX

Die vertrauten Hügel, wo ich mich selbst verlor,
als ich fortging und die ich doch nie verlassen kann,
stehen mir vor Augen, und die süße Last, die Amor
mir auferlegt, ruht stets auf meinen Schultern.

Oft wundre ich mich über mich selber darüber,
daß ich stets gehe und mich nicht fortbewege,
oftmals versuche ich das Joch vergeblich abzuwerfen:
je mehr ich mich entferne, desto näher bin ich ihr.

Und wie ein Hirsch, den Pfeile mit giftiger Spitze
in die Flanke trafen, die Flucht ergreift
(die Schmerzen steigern sich, je schneller er flieht),

bin ich, den Pfeil, der mich versehrt und doch entzückt,
der mich mit Schmerzen zugrunde richtet
und auf der Flucht ermüdet, in meinem Herzen spürend.

CCXXIX

Cantai, or piango; et non men di dolcezza
del pianger prendo che del canto presi;
ch'a la cagion, non a l'effetto, intesi
son i miei sensi vaghi pur d'altezza.

Indi et mansüetudine et durezza
et atti feri, et humili, et cortesi,
porto egualmente; né me gravan pesi,
né l'arme mie punta di sdegni spezza.

Tengan dunque ver' me l'usato stile
Amor, Madonna, il mondo, et mia fortuna,
ch'i' non penso esser mai se non felice.

Viva o mora o languisca, un più gentile
stato del mio non è sotto la luna;
sì dolce è del mio amaro la radice.

CCXXIX

Ich sang, jetzt weine ich; doch dieses Weinen
ist nicht minder süß, als der Gesang es war,
denn auf den Grund, nicht auf die Wirkung
sind meine hochgespannten Sinne aus.

Daher ertrage ich mit Gleichmut Milde und Härte,
ein rauhes oder sanftes, höfliches Gebaren:
für mich sind diese Lasten nicht zu schwer,
selbst der Verschmähung hält meine Rüstung stand.

Mag also Amor und mag meine Herrin, mag Fortuna
und die Welt sich immer so verhalten,
ich denke, ich kann nicht anders als glücklich sein.

Ob siech, ob lebend oder sterbend, einen schönern
Zustand als den meinen gibt es nicht auf Erden:
So süß ist doch die Wurzel meiner Bitternis.

CCXLIX

Qual paura ò, quando mi torna a mente
quel giorno ch'i' lasciai grave et pensosa
Madonna, e 'l mio cor seco! Et non è cosa
che sì volentier pensi, et sì sovente.

I' la riveggio starsi humilemente,
tra belle donne, a guisa d'una rosa
tra minor fior, né lieta né dogliosa,
come chi teme, et altro mal non sente.

Deposta avea l'usata leggiadria,
le perle, et le ghirlande, e i panni allegri,
e 'l riso, e 'l canto, e 'l parlar dolce humano.

Così in dubbio lasciai la vita mia;
or tristi auguri, et sogni, et penser negri
mi dànno assalto; et piaccia a Dio che 'nvano.

CCXLIX

Wie bang wird mir, wenn ich mich an den Tag erinnere,
da meine Herrin mich ernst und nachdenklich verließ:
mein Herz war bei ihr. An nichts denke ich
so oft und so inständig zurück.

Bescheiden sehe ich sie im Kreise schöner Frauen
stehen, wie eine Rose in der Mitte geringerer Blumen,
nicht fröhlich und nicht traurig, wie jemand,
der etwas fürchtet, doch nicht leidet.

Sie hatte die gewohnte Leutseligkeit, die Perlen,
Kränze, bunten Gewänder, das Lachen und den Gesang,
der Menschen Rede abgelegt, und so

verließ mein Leben ich im Zweifel. Jetzt
überfallen düstere Sorgen, Träume, schwarze Gedanken
mich, ach gebe Gott, daß ohne Grund sie sind!

CCLXVII

Oimè il bel viso, oimè il soave sguardo,
oimè il leggiadro portamento altero!
Oimè il parlar ch'ogni aspro ingegno et fero
facevi humìle, ed ogni huom vil gagliardo!

Et oimè il dolce riso, onde uscìo 'l dardo
di che morte, altro bene omai non spero!
Alma real, dignissima d'impero,
se non fossi fra noi scesa sì tardo!

Per voi convèn ch'io arda, e'n voi respire;
ch'i' pur fui vostro; et, se di voi son privo,
via men d'ogni sventura altra mi dole.

Di speranza m'empieste et di desire,
quand'io parti' dal sommo piacer vivo;
ma 'l vento ne portava le parole.

CCLXVII

Weh dem schönen Gesicht und weh den sanften Blicken,
weh dem anmutig-hoheitsvollen Gang
und weh der Rede, die die wildesten und rauhesten
Gesellen zähmte und Feige tapfer machte!

Weh auch dem süßen Lächeln, aus dem die Pfeile kamen,
die mir den Tod gebracht und alle Hoffnung nehmen.
Seele von Adel, eines Throns wohl würdig, wäre sie
dafür nicht viel zu spät zu uns gelangt!

Für Euch nur will ich brennen, für Euch atmen,
denn Euer war ich, und Ihr wurdet mir genommen:
kein anderes Unglück schmerzt mich so wie dies.

In meinem Leben war höchste Lust die Hoffnung
und das Sehnen, mit dem ihr mich erfüllt:
aber die Worte trug der Wind davon.

CCLXXIII

Che fai? Che pensi? Che pur dietro guardi,
nel tempo, che tornar non pote omai,
anima sconsolata? Che pur vai
giugnendo legne al foco ove tu ardi?

Le soavi parole e i dolci sguardi
ch'ad un ad un descritti et depinti ài
son levati de terra; et è, ben sai,
qui ricercarli, intempestivo, et tardi.

Deh, non rinovellar quel che n'ancide;
non seguir più penser vago, fallace,
ma saldo et certo, ch'a buon fin ne guide.

Cerchiamo 'l Ciel, se qui nulla ne piace;
ché mal per noi quella beltà si vide,
se viva et morta ne devea tôr pace.

CCLXXIII

Was tust du? Was denkst du? Wozu schaust du zurück
auf Zeiten, die niemals wiederkehren werden,
untröstliche Seele? Immer noch trägst du
Holz in das Feuer, das dich verbrennt!

Die sanften Worte und die süßen Blicke,
die du nach und nach beschrieben und geschildert hast,
sind nicht mehr auf Erden; sie hier weiter zu suchen
ist sinnlos, das weißt du, es ist zu spät.

Nein, schüre nicht weiter, was dich versehrt,
folge den irrenden Truggedanken nicht,
vertraue darauf, daß alles zum guten Ende geschieht.

Wenden wir uns dem Himmel zu, wenn uns hier nichts mehr
gefällt; ihre Schönheit wäre zu Unrecht uns erschienen,
wenn lebend oder tot sie uns den Frieden raubte.

CCLXXIX

*S*e lamentar augelli, o verdi fronde
mover soavemente a l'aura estiva,
o roco mormorar di lucide onde
s'ode d'una fiorita et fresca riva,

là 'v'io seggia d'amor pensoso, et scriva,
Lei che 'l Ciel ne mostrò, terra n'asconde,
veggio, et odo, et intendo ch'anchor viva,
di sì lontano, a' sospir miei risponde.

«Deh, perché inanzi 'l tempo ti consume?»
mi dice con pietate «A che pur versi
de gli occhi tristi un doloroso fiume?

Di me non pianger tu; ché' miei dì fêrsi
morendo eterni, et ne l'interno lume,
quando mostrai de chiuder, gli occhi apersi».

CCLXXIX

Wenn ich die Vögel klagen höre, sehe, wie die
grünen Blätter sich in der Sommerbrise sanft bewegen,
oder das heisere Murmeln lichter Gewässer vernehme
an einem frischen, blühenden Gestade,

dann sitz' ich da, denk an die Liebe und schreibe ihr,
die uns der Himmel zeigt, die Erde jedoch verbirgt.
Ich sehe und höre sie und meine, sie lebte noch
und antwortete von ferne meinem Liebesflehen.

»Warum nur grämst du dich vor der Zeit?«
spricht sie huldvoll zu mir: »Für wen vergießen
deine trauernden Augen Schmerzenstränen?

Um mich mußt du nicht weinen! Der Tod
hat mir das ewige Leben gebracht, ein inneres Licht
hat mir die Augen geöffnet, die ich zu schließen meinte.«

CCLXXXII

*A*lma felice, che sovente torni
a consolar le mie notti dolenti
con gli occhi tuoi, che Morte non à spenti,
ma sovra 'l mortal modo fatti adorni,

quanto gradisco che' miei tristi giorni
a rallegrar de tua vista consenti!
Così comincio a ritrovar presenti
le tue bellezze a' suoi usati soggiorni.

Là, 've cantando andai di te molt'anni,
or, come vedi, vo di te piangendo:
di te piangendo, no, ma de' miei danni.

Sol un riposo trovo in molti affanni,
che, quando torni, te conosco e 'ntendo,
a l'andar, a la voce, al volto, a' panni.

CCLXXXII

Glückselige, die du oft zu mir kommst,
meine kummervollen Nächte zu trösten
mit deinen Augen, die der Tod nicht ausgelöscht,
sondern über die Maßen zierlich gemacht hat,

wie dankbar bin ich, daß du bereit bist,
meine Trauertage aufzuheitern!
Schon fang' ich an, die mir vertraute Schönheit
am alten Orte wiederzusehen.

Wo ich dich viele Jahre besungen habe,
weine ich jetzt, wie du siehst, um dich,
nein, nicht um dich, über mein Unglück!

Nur einen Trost finde ich in meinem Kummer:
daß, wenn du kommst, ich deine Stimme höre,
den Gang, die Kleider und dein Antlitz ich erkenne.

CCLXXXV

*N*é mai pietosa madre al caro figlio
né donna accesa al suo sposo dilecto
die' con tanti sospir, con tal sospetto
in dubbio stato sì fedel consiglio,

come a me Quella che 'l mio grave exiglio
mirando dal suo eterno alto ricetto,
spesso a me torna co l'usato affecto,
et di doppia pietate ornata il ciglio:

or di madre, or d'amante; or teme, or arde
d'onesto foco; et nel parlar mi mostra
quel che 'n questo vïaggio fugga o segua,

contando i casi de la vita nostra,
pregando ch'a levar l'alma non tarde;
et, sol quant'ella parla, ò pace o tregua.

CCLXXXV

Nie gab eine mitfühlende Mutter ihrem lieben Sohn,
nie eine liebende Gattin ihrem teueren Gatten
mit soviel Seufzern, soviel Umsicht
solch guten Rat für alle Zweifelsfälle,

wie jene, die von ihrem hohen, ewigen Standort
auf meine leidige Verbannung herniederschaut,
sich oftmals mit gewohnter Herzlichkeit mir
zuwendet und mitleidsvoll ihr Antlitz färbt.

Einmal als Mutter, als Geliebte ein andermal:
da brenne oder bange ich mit ehrbarer Flamme,
sie aber sagt mir, was ich hienieden tun und lassen soll;

sie spricht von aller Unbill unseres Lebens
und bittet mich, den Aufstieg zu ihr nicht lange
hinauszuzögern. Ihr Zuspruch gibt mir Frieden und Ruhe.

CCLXXXVIII

I' ò pien di sospir quest'aere tutto,
d'aspri colli mirando il dolce piano,
ove nacque Colei, ch'avendo in mano
meo cor, in sul fiorire e 'n sul far frutto,

è gita al Cielo, ed àmmi a tal condutto,
col sùbito partir, che, di lontano
gli occhi miei stanchi, lei cercando invano,
presso di sé non lassan loco asciutto.

Non è sterpo né sasso in questi monti,
non ramo o fronda verde in queste piagge,
non fiore in queste valli o foglia d'erba,

stilla d'acqua non vèn di queste fonti,
né fiere àn questi boschi sì selvagge,
che non sappian quanto è mia pena acerba.

CCLXXXVIII

Ich habe die ganze Luft mit Seufzern angefüllt;
vom hohen Hügel aus betrachte ich das traute Land,
wo sie geboren wurde, die, ob blühend oder Früchte tragend,
mein Herz in ihren Händen hielt,

und die so plötzlich nun zum Himmel aufgestiegen ist,
daß meine Augen ermüden, von ferne nach ihr
auszuschauen, die sie vergeblich suchen,
und alles, was nah ist, mit Tränen benetzen.

Es gibt kein Holz und keinen Fels in diesen Bergen,
kein grünes Blatt und keinen Zweig in diesem Tal,
kein Gras und keine Blume,

nicht einen Tropfen Wasser in dem Fluß
und keine wilden Tiere in den Wäldern,
die nicht wüßten, wie herb meine Schmerzen sind.

CCXC

Come va 'l mondo! Or mi diletta et piace
quel che più mi dispiacque; or veggio et sento
che, per aver salute, ebbi tormento,
et breve guerra per eterna pace.

O speranza, o desir sempre fallace,
et de gli amanti più ben per un cento!
O quant'era il peggior farmi contento
Quella ch'or siede in cielo, e 'n terra giace!

Ma 'l ceco amor et la mia sorda mente
mi travïavan sì, ch'andar per viva
forza mi convenìa, dove morte era.

Benedetta Colei ch'a miglior riva
volse il mio corso, et l'empia voglia ardente,
lusingando, affrenò, perch'io non pera!

CCXC

So ist der Lauf der Welt! Jetzt freut mich und gefällt
mir, was früher mir mißfiel; jetzt sehe ich und spüre,
daß ich zu meinem Heil mir Qualen schuf
und kurzen Krieg um eines ewigen Friedens willen.

O Hoffnung, o immer trügerische Gier,
von allen, die lieben, hundertfach erfahren,
um wieviel schlimmer wär' es mir ergangen,
hätte die mich erhört, die jetzt begraben und im Himmel ist.

Doch meine blinde Liebe und mein tauber Sinn
plagten mich so, daß ich im Leben mit Gewalt
erreichen wollte, was mir den Tod bedeutete.

Gepriesen sei sie, *die meinen Lauf zu bessern Ufern*
jetzt lenkt und die mein glühend unkeusches Verlangen
schmeichelnd bremste, damit ich nicht verdürbe.

CCXCII

Gli occhi, di ch'io parlai sì caldamente,
et le braccia, et le mani, e i piedi, e 'l viso,
che m'avean sì da me stesso diviso,
et fatto singular da l'altra gente;

le crespe chiome d'or puro lucente,
e 'l lampeggiar de l'angelico riso,
che solean fare in terra un paradiso,
poca polvere son, che nulla sente.

Et io pur vivo; onde mi doglio et sdegno,
rimaso senza 'l lume ch'amai tanto,
in gran fortuna, e 'n disarmato legno.

Or sia qui fine al mio amoroso canto;
secca è la vena de l'usato ingegno,
et la cetera mia volta in pianto.

CCXCII

Die Augen, von denen ich so warm gesprochen,
die Arme, Hände, Füße, das Gesicht,
die mich mir selbst entzweit
und mich zu einem Fremdling unter Menschen machten,

das lockige Haar aus reinem, leuchtendem Gold,
das Aufblitzen des Engellächelns,
das die Erde in ein Paradies verwandelt,
all das ist zu Staub geworden, der nichts spürt.

Ich aber lebe noch. Das schmerzt mich und bedrückt.
Mich hat das Licht verlassen, das ich so sehr liebte
im großen Glück, in meiner ranken Barke.

Drum ende hier mein Liebeslied:
die Quelle meiner Dichtung ist versiegt,
und meine Leier dient nur noch der Klage.

CCXCVIII

Quand'io mi volgo indietro a mirar gli anni
ch'ànno fuggendo i miei penseri sparsi,
et spento 'l foco, ove agghiacciando io arsi,
et finito il riposo pien d'affanni,

rotta la fé de gli amorosi inganni,
et sol due parti d'ogni mio ben farsi,
l'una nel Cielo, et l'altra in terra starsi,
et perduto il guadagno de' miei damni,

i' mi riscuoto, et trovomi sì nudo,
ch'i' porto invidia ad ogni extrema sorte:
tal cordoglio et paura ò di me stesso.

O mia Stella, o Fortuna, o Fato, o Morte,
o per me sempre dolce giorno et crudo,
come m'avete in basso stato messo!

CCXCVIII

Wenn ich zurück mich wende, die Jahre zu betrachten,
die meinen flüchtigen Gedanken folgten,
wie das Feuer erlosch, in dem ich frierend brannte,
und wie die Ruhe voller Qual ein Ende nahm,

wie selbst mein Glaube an die trügerische Liebe zerstob
und in zwei Teile all mein Gut zerfiel, von denen
der eine im Himmel weilt, der andere auf Erden,
so daß, was ich mit Mühe erwarb, alles verlorenging,

dann schrecke ich auf und finde mich so nackt,
daß ich die Ärmsten der Armen beneide,
solches Herzweh und solche Angst hat mich ergriffen.

O du mein Stern, mein Glück, mein Schicksal
und mein Tod, du immer mir süßer und schrecklicher Tag,
in welch bedrückten Zustand hast du mich versetzt!

CCCII

*L*evommi il mio penser in parte ov'era
Quella ch'io cerco, et non ritrovo in terra·
ivi, fra lor che 'l terzo cerchio serra,
la rividi più bella, et meno altera.

Per man mi prese, et disse: «In questa spera
sarai anchor meco, se 'l desir non erra;
i' so' colei che ti die' tanta guerra,
et compie' mia giornata inanzi sera.

Mio ben non cape in intelletto humano:
te solo aspetto et, quel che tanto amasti
e là giuso è rimaso, il mio bel velo».

Deh, perché tacque? et allargò la mano?
Ch'al suon de' detti sì pietosi e casti
poco mancò ch'io non rimasi in cielo.

CCCII

Ich ließ meine Gedanken dorthin schweifen, wo sie war,
die ich auf Erden suchte und nicht finden konnte:
dort oben, im dritten Himmelkreise sah ich sie,
schöner und gnadenreicher als hienieden;

sie nahm mich an der Hand und sprach: »In dieser Sphäre
des Himmels wirst du bei mir sein, wenn ich nicht irre:
ich bin diejenige, die dich so hart bekämpft hat
und ihren Tag abbrechen mußte vor dem Abend.

Menschlicher Geist kann meine Seligkeit nicht fassen,
ich warte nur auf dich und auf den schönen Schleier,
der unten blieb und den du so sehr geliebt.«

Ach, warum schwieg sie dann? Und reichte mir die Hand?
Wo nach so liebenden und keuschen Worten
ich mich schon fast im Himmel bei ihr wähnte!

CCCIII

Amor, che meco al buon tempo ti stavi
fra queste rive, a' pensier nostri amiche,
et, per saldar le ragion nostre antiche,
meco et col fiume ragionando andavi;

fior, frondi, herbe, ombre, antri, onde, aure soavi,
valli chiuse, alti colli et piagge apriche,
potto de l'amorose mie fatiche,
de le fortune mie tante, et sì gravi;

o vaghi habitator de' verdi boschi,
o nimphe, et voi che 'l fresco herboso fondo
del liquido cristallo alberga et pasce;

i dì miei fûr sì chiari, or son sì foschi,
come Morte che 'l fa. Così nel mondo
sua ventura à ciaschun dal dì che nasce!

CCCIII

Amor, der du an diesen Ufern in guten Tagen zu mir
standest, unserem Trachten freundlich gesinnt,
der du mit mir und mit dem Flusse sprachst,
das Wort der Alten einzulösen,

ihr Blumen, Blätter, Gräser, Schatten, Grotten,
Wellen und lauen Lüfte, ihr Schluchten, hohen Berge
und besonnten Strände, Zufluchtsstätten meiner Liebespein,
vielfacher und schwerer Liebesqual,

ihr Bewohnerinnen dieser grünen Wälder,
ihr Nymphen, die ihr auf kühlem Rasengrunde wohnt,
die flüssiger Kristall umgibt und nährt,

wie waren meine Tage heiter! Nun sind sie
düster wie der Tod. So folgt in dieser Welt
ein jeder von Geburt an seinem Schicksal.

CCCX

Zephiro torna, e 'l bel tempo rimena,
e i fiori et l'erbe, sua dolce famiglia,
et garrir Progne, et pianger Philomena,
et primavera candida vermiglia.

Ridono i prati, e 'l ciel si rasserena;
Giove s'allegra di mirar sua figlia;
l'aria, et l'acqua, et la terra è d'amor piena;
ogni animal d'amar si riconsiglia.

Ma per me, lasso, tornano i più gravi
sospiri, che del cor profondo tragge
Quella ch'al Ciel se ne portò le chiavi;

et cantar augelletti, et fiorir piagge,
e 'n belle donne honeste atti soavi
sono un deserto, et fere aspre et selvagge.

CCCX

Der Zephir kommt und bringt das schöne Wetter wieder,
die Blumen und Gräser, seine lieben Verwandten,
die Schwalbe zwitschert, und es schluchzt die Nachtigall,
und weiß und rot erblüht der Frühling.

Die Wiesen lachen, heiter wird der Himmel,
Zeus freut sich, seiner Tochter zuzuschauen;
die Luft, das Wasser und die Erde füllen sich
mit Liebe, und alle Tiere wenden sich ihr zu.

Mir aber, weh mir, erneuern sich die Qualen,
die aus dem tiefen Grund des Herzens jene lockt,
die in den Himmel mit sich nahm den Schlüssel.

Die Vögel singen und die Auen blühen,
schöne Frauen kommen huldvoll daher, doch das
ist Wüste, es sind wilde Raubtiere aus dem Wald.

CCCXX

*S*ento l'aura mia anticha, e i dolci colli
veggio apparire, onde 'l bel lume nacque
che tenne gli occhi mei mentr'al Ciel piacque
bramosi et lieti, or li tèn tristi et molli.

O caduche speranze, o penser folli!
Vedove l'erbe, et torbide son l'acque,
et voto et freddo 'l nido in ch'ella giacque,
nel qual io vivo, et morto giacer volli,

sperando alfin, da le soavi piante
et da' belli occhi suoi, che 'l cor m'ànn'arso,
riposo alcun de le fatiche tante.

Ò servito a Signor crudele et scarso,
ch'arsi quanto 'l mio foco ebbi davante;
or vo piangendo il suo cenere sparso.

CCCXX

Ich spüre die altvertraute Luft und sehe die geliebten
Hügel auftauchen, wo das schöne Licht entstand,
das mir, solange es der Himmel wollte, die Augen
mit Freude und Hoffnung füllte, die jetzt feucht
und traurig sind;

o eitle Hoffnung, törichte Gedanken!
Verwitwet ist das Gras, trübe sind die Gewässer,
leer ist und kalt die Stätte, wo sie weilte
und wo ich, tot oder lebendig, wollte bei ihr sein.

Vom sanften Grün und ihren schönen Augen,
die mir das Herz versehrten, erhofft' ich
endlich Ruh' von aller Mühsal, doch ich habe

einem grausamen und kargen Herrn gedient,
habe, solange ich die Flamme vor mir hatte, gebrannt:
jetzt netzen meine Tränen ihre verstreute Asche.

CCCXXIX

O giorno, o hora, o ultimo momento,
o stelle congiurate a 'mpoverirme!
O fido sguardo, or che volei tu dirme,
partend'io per non esser mai contento?

Or conosco i miei danni, or mi risento,
ch'i' credeva (ahi, credenze vane e 'nfirme!)
perder parte, non tutto, al dipartirme.
Quante speranze se ne porta il vento!

Ché già 'l contrario era ordinato in Cielo:
spegner l'almo mio lume ond'io vivea,
et scritto era in sua dolce amara vista.

Ma 'nnanzi a gli occhi m'era post'un velo,
che mi fea non veder quel ch'i' vedea,
per far mia vita sùbito più trista.

CCCXXIX

O *Tag, o Stunde, o letzter Augenblick, an dem*
die Sterne beschlossen, mich arm zu hinterlassen!
O treuer Blick! Was wolltest du mir sagen,
als so ich unzufrieden von dir ging?

Mein Fehlen erkenne ich jetzt, und ich bereue es:
ich dachte (welch eitles, hinfälliges Denken!),
ich verlöre nur einen Teil, nicht alles, durch die Trennung.
Der Wind trägt alle Hoffnung mit sich fort.

Das Gegenteil war schon im Himmel vorbestimmt:
das holde Licht, von dem ich lebte, sollte erlöschen,
so stand's im bittersüßen Antlitz eingeschrieben.

Ich hatte vor meinen Augen einen Schleier,
der mich nicht sehen ließ, was ich doch sah,
und der mein Leben sogleich traurig machte.

CCCXLIV

Fu forse un tempo dolce cosa amore,
non perch'i' sappia il quando; or è sì amara
che nulla più. Ben sa 'l ver chi l'impara,
com'ò fatt'io con mio grave dolore.

Quella, che fu del secol nostro honore,
or è del Ciel che tutto orna et rischiara,
fe' mia requie a' suoi giorni et breve et rara;
or m'à d'ogni riposo tratto fore.

Ogni mio ben crudel Morte m'à tolto;
né gran prosperità il mio stato adverso
pò consolar di quel bel spirto sciolto.

Piansi et cantai; non so più mutar verso;
ma dì et notte il duol ne l'alma accolto
per la lingua et per li occhi sfogo et verso.

CCCXLIV

Vielleicht war Liebe einmal süß: doch wann das war,
das weiß ich nicht. Jetzt ist sie bitterer
als alles andere. Wer solche Qualen litt
wie ich, weiß wohl, wie wahr das ist.

Die eine Zierde unserer Erdenwelt gewesen,
ist jetzt im Himmel, den sie erleuchtet und schmückt.
Nur selten und kurz gab sie mir, als sie lebte, Frieden:
jetzt gibt es keinen mehr für mich.

Der grause Tod hat mir alles genommen.
Ihr Heil nimmt mir mein Unheil nicht,
auch wenn sie nun im Himmel ist.

Ich weinte und sang, davon kann ich nicht lassen:
den Seelenschmerz verströmt bei Tag und Nacht
mein Auge, ihn besingt mein Lied.

CCCLII

Spirto felice, che sì dolcemente
volgei quelli occhi, più chiari che 'l sole,
et formavi i sospiri et le parole
vive, ch'anchor mi sonan ne la mente,

già ti vid'io, d'onesto foco ardente,
mover i pie' fra l'erbe et le vïole,
non come donna, ma com'angel sòle,
di quella ch'or m'è più che mai presente;

la qual tu poi, tornando al tuo Fattore,
lasciasti in terra, et quel soave velo,
che per alto destin ti venne in sorte.

Nel tuo partir, partì nel mondo Amore
et Cortesia, e 'l Sol cadde del cielo,
et dolce incominciò farsi la Morte.

CCCLII

*Glückselige, die du mit Blicken mich verzaubertest,
die heller waren als die Sonne, und die du jene
Worte und Seufzer mir eingabst, die bis heute
in meinem Geiste weiterklingen,*

*in lauterem Feuer brennend sah ich dich,
nicht frauen-, sondern engelsgleich
hinschreiten über Veilchen und Gräser,
mir mehr als einstmals gegenwärtig:*

*du bist zu deinem Schöpfer zurückgekehrt
und hinterläßt auf Erden nur den zarten Schleier,
den das höchste Los dir zubestimmt.*

*Als du fortgingst, schwand aus der Welt die Liebe
und die Vornehmheit, vom Himmel fiel die Sonne,
und süß fing an zu schmecken mir der Tod.*

CCCLXIV

*T*ennemi Amor anni ventuno ardendo,
lieto nel foco, et nel duol pien di speme;
poi che Madonna e 'l mio cor seco inseme
saliro al Ciel, dieci altri anni piangendo.

Omai son stanco, et mia vita reprendo
di tanto error, che di vertute il seme
à quasi spento; et le mie parti extreme,
alto Dio, a Te devotamente rendo,

pentito et tristo de' miei sì spesi anni,
che spender si deveano in miglior uso,
in cercar pace et in fuggir affanni.

Signor, che 'n questo carcer m'ài rinchiuso,
tràmene salvo da li eterni danni;
ch'i' conosco 'l mio fallo, et non lo scuso.

CCCLXIV

Einundzwanzig Jahre lang hielt Amor mich in Brand;
im Feuer war ich fröhlich und im Schmerz voll Hoffnung;
seit meine Herrin und mein Herz im Himmel sind,
hab' ich zehn Jahre nur geweint.

Jetzt bin ich müde, setze mein Leben irrend fort,
der Keim zu aller Lebenskraft ist fast verdorrt,
und meine letzten Tage will ich, hoher Gott,
dir voller Demut weihen,

voll Reue, über die vertanen Jahre trauernd,
die zu besserem Gebrauch bestimmt gewesen:
nach Frieden strebend und das Leiden meidend.

O Herr, der du in diesen Kerker mich eingeschlossen
hast, befreie mich, und rette mich vor der Verdammnis,
denn ich erkenne meine Sünden und entschuldige sie nicht.

CCCLXV

I' vo piangendo i miei passati tempi
i quai posi in amar cosa mortale,
senza levarmi a volo, abbiend'io l'ale
per dar forse di me non bassi exempi.

Tu, che vedi i miei mali indegni et empi,
Re del Cielo, invisibile, immortale,
soccorri a l'alma disvïata et frale,
e 'l suo defecto di Tua gratia adempi;

sì che, s'io vissi in guerra et in tempesta,
mora in pace et in porto; et, se la stanza
fu vana, almen sia la partita honesta.

A quel poco di viver che m'avanza
et al morir degni esser Tua man presta;
Tu sai ben che 'n altrui non ò speranza.

CCCLXV

Ich trauere über die vergangenen Jahre,
die ich, Sterbliches zu lieben, vertan,
ohne mich aufzuschwingen, wo ich doch Flügel habe,
und ohne nach Höherem gestrebt zu haben.

Meine Unwürdigkeit und meine Sünde kennst du,
unsichtbarer, unsterblicher Herr des Himmels:
komm meiner schwachen Seele, die sich verirrt, zu Hilfe
und erlöse mich, kraft deiner Gnade, vom Übel,

so daß ich, der ich im Krieg und in den Stürmen
lebte, in Frieden sterben kann und sicher im Hafen
lande. War eitel mein Aufenthalt auf Erden,

so möge das Ende gut sein! Reich mir für
meine letzten Tage und für den Tod die Hand:
darein, das weißt du, setz ich all mein Hoffen.

Anhang

Erläuterungen
Zu dieser Übersetzung
Nachwort
Verzeichnis der italienischen
und deutschen Gedichtanfänge

Erläuterungen

Das *Eingangssonett* soll aus dem Jahre 1356 stammen. Es dokumentiert den Plan, eine Sammlung von Liebesgedichten vorzulegen (von anderen Gedichten ist darin nicht die Rede), und kündigt schon die fromme Reue an, die am Ende der Sammlung überwiegen wird. Zugleich stellt der Dichter seine Dichtung als ein Werk seiner Jugend hin, von dem er sich bereits, voller Scham, distanziert hat: alles andere als Werbung für das Kommende, wohl aber eine Vorwegnahme des Tenors, der im *Canzoniere* überwiegen wird.

Sonett III: gemeint ist Karfreitag, angeblich der 6. April 1327 (obwohl Karfreitag in jenem Jahr auf den 10. April fiel): das Datum ist, wie alles andere, Stilisierung. Die Pfeil-und-Bogen-Metaphorik ist überaus traditionell, sie geht auf Ovid zurück. Laura selbst bleibt natürlich unschuldsvoll und keusch; die Liebe des dichterischen Ichs will sich damit freilich so leicht nicht abfinden, obwohl klar ist, daß es sich nur um eine ideale Liebe handeln kann, deren sinnliche Erfüllung sie selbst zerstören würde.

Sonett XII: »Da Laura nichts von ihm wissen will«, liest man in einem der schulmäßigen Kommentare zum *Canzoniere*, »flüchtet der Dichter sich in die Hoffnung, wenn er und seine Geliebte einmal alt geworden seien, werde er unverhüllt aussprechen, wie sehr er sie geliebt – und dann werde sie, die jetzt nicht ansprechbar zu sein scheint, sich ihm gegenüber wenigstens voller Mitleid zeigen.« Das Gedicht führt also in die Zukunft und von ihr wieder zurück.

Sonett XV: der Dichter beklagt die Distanz, die ihn von seiner Geliebten trennt, betont aber die Außerordentlichkeit seiner Liebe.

Sonett XVI: eines der bekanntesten Gedichte Petrarcas: sehr sprechend ist die Müdigkeit des alten, ergrauten Pilgers, mit dem der Liebende sich vergleicht: daß dieser den Papst, der Dichter aber seine Geliebte sehen will, scheint Petrarca nicht sakrilegisch vorgekommen zu sein.

Sonett XXXV: dieses Gedicht ist berühmt geworden durch die Evozierung der Landschaft, die der Liebende einsam und menschenflüchtig durchstreift, die ihm aber erst recht keinen Schutz vor »Amor« bietet, denn sie partizipiert gleichsam an dem Liebesleid des Wanderers. Daß die Liebe unentrinnbar ist, gehört ebenso zu ihren Paradoxien, wie daß der Liebende das weiß und dennoch vor ihr flieht.

Sonett XLVI: spiegelt Laura sich, oder sind die Spiegel, in die der Liebende schaut, ihre Augen? Sehr merkwürdig klingt der Schluß, wo eben diesen Spiegeln eine tödliche Abgründigkeit zugesprochen wird. Ob die Übersetzung ganz richtig ist, mag dahingestellt sein: manche Gedichte Petrarcas sind, wie dieses, fast nicht zu entschlüsseln, das muß ihren Wert nicht schmälern. Trauer und Todeserwartung kennzeichnen jedenfalls dieses Sonett.

Canzone L: wieder einer jener bekannten Texte Petrarcas. Was die wiederholten Vergleiche, die so bildhaft sind, verdeutlichen, ist klar: alle Menschen finden Ruhe, nur der Liebende nicht. Die Sehnsucht nach Ruhe ist eines der überzeugendsten und durchgehendsten Motive des Dichters. Man möchte an den Messetext denken: »Dona nobis pacem!« – Zur Canzone gehört die merkwürdige Anrede an das Gedicht in der kurzen Schlußstrophe, über die man getrost hinweglesen mag.

Sonett LXI: ist ein Loblied und Dankgesang, der die Negativaspekte der Liebe mit einschließt, einschließlich des Dichtens, das dem Dichter doch sonst solche Reuegedanken eingibt. Widersprüche über Widersprüche!

Sonett LXXIV: besingt nun wieder eben die Reue, die in Sonett LXI fehlte. Selbst Ratlosigkeit kann ein lyrisches Thema sein. (Es mag falsche Bescheidenheit mit hineinspielen: was zählt, soll jedenfalls der Kunstwille sein, wie es zum Schluß heißt, den man als eine Art Leseempfehlung auffassen mag.)

Sonett XC soll angeblich Antwort geben auf die Frage eines Liebhabers von Petrarcas Lyrik, der sich wunderte, wie eine solche übermäßige und langanhaltende Liebe möglich sei. Der Dichter antwortet, indem er die Schönheit der Geliebten, so wie er sie zum ersten Mal sah, sowie die Andeutung eines Entgegenkommens schildert. («Se non è vero, è ben trovato», mag man zu der Anekdote sagen.) Auf jeden Fall ist dies nun ein »Erinnerungsgedicht«, das – wenn wir's recht verstehen – die Geliebte schon älter werdend (oder vielleicht kränkelnd?) darstellt. Der Schlußvers spielt auf Amors Bogen an, der nicht mehr so straff zu sein scheint wie einst: das heißt, die Leidenschaft ist nicht mehr so heftig – aber die Wunde, die der Liebespfeil geschlagen hat, heilt doch nicht.

Sonett CVII behandelt erneut (Petrarca variiert unermüdlich dieselben Motive) das Thema der Unentrinnbarkeit der Liebe. Das Schlußterzett spielt auf den Namen der Geliebten an, mit dem Petrarca (in einer uns etwas manieriert vorkommenden Weise) spielt: daher der Lorbeer, italienisch »lauro« (ein andermal ist es »l'aura«, die laue Luft, an die der Name den Dichter erinnert). Der »Feind« ist natürlich Amor. Er zwingt also den Liebenden, der eigentlich fliehen möchte, dennoch in Lauras Nähe zurückzukehren.

Canzone CXXVI: dies ist die berühmte »Blütencanzone«, deren schönste Strophe in der Tat die vierte sein dürfte, wo der Dichter Laura im Blütenregen sitzen sieht – wie immer an den Ufern der Sorgue, in Vaucluse.

Sonett CXXXII: zählt die Widersprüchlichkeiten der Liebe auf und muß, trotz der komplizierten, uns verkünstelt vorkommenden Argumentation, als typisch angesehen werden: solche Sonette gibt es etliche im *Canzoniere*, und sie wurden mit größter Vorliebe von Petrarcas Nachahmern, den Petrarkisten, nachgemacht.

Sonett CXXXIV: spielt erneut mit den Antithesen und Paradoxien der Liebe und ähnelt insofern Sonett CXXXII.

CLXIV: auch dieses *Sonett* handelt von den Widersprüchen der Liebesempfindung, ist aber mit sparsamen Hinweisen auf die Natur versehen und in das überwiegende (und leichter nachvollziehbare) Gefühl der Ruhelosigkeit eingebettet.

Sonett CLXXVI: der Liebende im Wald, in den er sich flüchtet, um ungestört zu sein; dessen Evokation macht den Reiz dieses Gedichts wie so vieler ähnlicher aus.

Sonett CLXXXIX: auch die Schiffahrtsmetaphorik durfte nicht fehlen: sie ist so alt wie die Bilder vom Eis und vom Feuer, von Krieg und Frieden. Eigentümlicher (zugunsten der Lyrik!) wirkt der Ausdruck »Nebel der Verachtung« – »nebbia di sdegni« –, den kein Kommentator erklärt.

Sonett CXCII: ausnahmsweise ein reines Lob- und Preislied auf Laura! (Sonst überwiegt ja die Blickrichtung auf den Liebeskranken, den lustvoll leidenden Dichter, insofern mag man Petrarcas Lyrik solipsistisch nennen!)

Sonett CCIX: auch dies ist ein Gedicht, das die Nachfolger Petrarcas begeisterte, man findet es bei Ronsard und vielen anderen nachgeahmt, vielleicht wohl auch, weil die Jagd ein Lieblingssport der Adligen war und die entsprechende Metaphorik sich größter Beliebtheit erfreute.

Sonett CCXXIX: Laura läßt den Liebenden leiden, aber er weiß, daß das unausweichlich ist, wenn die Liebe – in ihrer Idealität – erhalten bleiben soll: darauf spielt wohl die Rede vom »Grund« an, der dem Dichter bekannt sei, auch wenn die »Wirkungen« ihm Tränen entlocken. Etwas »spitzfindig«, mag man sagen, aber das hat Petrarcas Wirkung über die Jahrhunderte nicht geschadet, im Gegenteil.

Sonett CCXLIX: der *Canzoniere* ist ein wohlstrukturiertes Ganzes, das ist oft beobachtet worden (besonders von

H. Friedrich). In diesem Sonett – wie in einigen anderen aus dem Umkreis – spricht Petrarca von düsteren Ahnungen, die auf eine Krankheit Lauras, womöglich ihren baldigen Tod, hindeuten.

Sonett CCLXVII: ist das erste Sonett nach Lauras Tod, der angeblich am 6. April 1348 erfolgte – also auf den Tag genau 21 Jahre nach der ersten Begegnung mit Petrarca. Auffällig mutet die scheinbare Kunstlosigkeit des Gedichts an: keine gesuchten Metaphern und Vergleiche (außer allenfalls dem, daß Laura eines Throns würdig gewesen wäre – auch dies ein alter Topos). Wie schlicht ist der Schluß!

Sonett CCLXXIII: die Hinwendung zur Frömmigkeit kündigt sich an.

Sonett CCLXXIX: Laura spendet dem »Hinterbliebenen« Trost: es ist eines der vielen Gedichte, wo die Geliebte dem Liebenden – im Traum – als eine Vision erscheint (und dabei erst recht lebensnah wirkt).

Sonett CCLXXXII: wieder ein Trostgedicht!

Sonett CCLXXXV: Trost in der Gestalt, daß der Liebende hofft, durch seinen baldigen Tod in den Himmel zu kommen, wo er mit seiner Geliebten wiedervereint sein wird. Noch Rousseau hat – in seiner »Neuen Heloise« – diese Hoffnung so glaubhaft gefunden, daß er den Schluß seines Romans danach gestaltet hat.

Sonett CCLXXXVIII: zur Struktur des *Canzoniere* gehören die Anklänge an die Landschaft bei Vaucluse, die im zweiten Teil so wenig fehlen wie im ersten. Ohne diese Naturkulisse ist Petrarcas Dichtung nicht zu denken.

Sonett CCXC: klarer als zuvor spricht der Dichter aus, daß seine Liebe »keusch« sein mußte, um Bestand zu haben (dahinter steht natürlich letztlich Platon, dessen Philosophie im 12. Jahrhundert eine große Rolle gespielt hatte und die in der italienischen Renaissance zum Neuplatonismus führen wird, zu dem Petrarca überleitet).

Sonett CCXCII: das überaus traurige Sonett kündigt das Ende von Petrarcas Liebesdichtung an: auch das ein Strukturzeichen.

Sonett CCXCVIII: die süße Trauer setzt sich fort. Petrarca ist nicht nur ein Dichter des Liebesleids, sondern auch der Trauer!

Sonett CCCII: Laura spricht und macht eine Geste: die Verstorbene lebt eher mehr, als die Lebende lebte!

Sonett CCCIII: erneut ein Trauersonett, diesmal aber – im Schluß – verallgemeinernd, von großer, ergreifender Schlichtheit!

Sonett CCCX: welcher Kontrast, der blühende Frühling und die innere Öde!

Sonett CCCXX: die Landschaft um Vaucluse, die wieder evoziert wird, partizipiert an der Trauer des Liebenden ebenso, wie sie an seiner Wonne teilgehabt hatte.

Sonett CCCXXXIX: die Schleier-Symbolik ist hier einfacher zu verstehen als sonst: der Schleier verhindert hier nur die klare Erkenntnis, anderswo ist der Leib, die »sterbliche Hülle« Lauras damit gemeint.

Sonett CCCXLIV: zu Petrarcas Widersprüchen gehört es, daß ein und dasselbe Phänomen ganz verschiedene Wirkungen haben kann, so auch Lauras Tod, der erst Frieden, ein andermal Unrast mit sich bringt.

Sonett CCCLII: hier meint der Schleier »die sterbliche Hülle«. Und wieder klingt das Schlußterzett ganz einfach und eben dadurch großartig.

Sonett CCCLXIV: »einundzwanzig Jahre«, eine ungewöhnlich genaue Angabe, die von den Nachfahren ernst genommen wurde, aber natürlich nur ein Mittel zur Glaubhaftmachung ist. (Lauras Existenz hat die Gemüter bis hin zum Marquis de Sade und darüber hinaus bewegt: mit diesem soll sie verwandt gewesen sein!) Die Töne frommer, reuiger Zerknirschung gehören zum Schluß des *Canzoniere*.

Sonett CCCLXV: ein Gebet an Gott, den Herrn, dem im Original noch eines an die Jungfrau Maria folgt.

Zu dieser Übersetzung

Petrarca in Prosa? Das hat bisher nur Hugo Friedrich in seiner Auswahlübersetzung aus dem *Canzoniere* in den »Epochen der italienischen Lyrik« (1964) gewagt. Aber Friedrich hält sich wenigstens noch an die in Deutschland ehrwürdige Tradition der fünffüßigen Jamben: es sind meist Blankverse, was er bescheiden »rhythmisierte Prosa« nennt. Und sein Stil ist erlesen. Wenn Petrarca von dem Zweig spricht, an den sich Laura lehnte, woran der Liebende sich seufzend erinnert,

> gentil ramo, ove piacque
> (con sospir mi rimembra)
> a lei di fare al bel fianco colonna,

so übersetzt Friedrich:

> Holdselig zarter Baum, woran –
> Aufstöhn ich, wenn ich's wiederdenke –
> Sie ihre herrliche Gestalt gern lehnte
> (...)

Ich halte mich da viel mehr zurück: Petrarca so schlicht wie möglich wiederzugeben, ihn nicht feierlicher reden zu lassen, als er es – nach meinem Eindruck – tut, war mein Bestreben. Und ich halte mich bei meiner »Rhythmisierung« auch nicht an festgelegte Jambenzahlen, obwohl ich überwiegend jambisch schreibe. Es ist keine »Interlinearversion«, was ich bieten will: wohl aber eine genaue Wiedergabe in poetischer Prosa, ohne Reim. Der Originaltext folgt der kritischen Ausgabe von Gianfranco Contini (Turin 1964), die sich mit Modernisierungen zurückhält und Petrarcas latinisierende Schreibweise weitgehend bewahrt (mit einigen Modifikationen wiedergegeben bei Mondadori, Rom 1985, der Textvorlage dieser Auswahl).

Den Anlaß zu dieser Neuübersetzung aber gab die Reimerei der vielen deutschen Petrarca-Übersetzer, die ich mir angeschaut habe: Es sind mindestens fünf, darunter die von Karl Förster aus dem Jahre 1833, erstmals 1819/20 erschienen und 1987 von Gerhard Regn wieder herausgegeben. Da liest man Verse wie

Lieb Vöglein du, von Sanges Lust getragen

und viele ähnliche. Oder die Übersetzung des Grafen Lanckoronski von 1956, die bis heute noch nachgedruckt wird und die die leisen lyrischen Töne Petrarcas in eine frisch-fromm-fröhliche Unbekümmertheit umschlagen läßt:

Kaum wagt das trunkne Herz dem Glück zu trauen.
– Wie ich zuerst dich sah, so bist du heut,
Und Schmerz und Jubel sind aufs neu erneut:

so liest sich da die Schlußterzine von Sonett XC, die im Original heißt:

Uno spirto celeste, un vivo sole
fu quel ch'i vidi; e se non fosse or tale,
piaga per allentar d'arco non sana.

Zugegeben, es kann schwerfallen, heute noch von einem »himmlischen Geist« und seiner »lebendigen Sonne« zu sprechen, die einer sah – und das Schlußbild spielt auf Amors Bogen an, der Liebespfeile verschoß. Lanckoronski kümmert das alles nicht. Man kann nicht sagen, er habe Petrarca, als er ihn übersetzte, ernst genommen, »Nachdichtung« her oder hin.

Dann gibt es Benno Geigers Übersetzung, die 1937 erstmals erschien und zuletzt 1958 wiederaufgelegt worden ist. Er parodiert, ohne es zu merken, Petrarca, wenn er in dem eben zitierten Sonett Nr. XC von einer »Zündrakete« spricht, die dem Liebenden »im Busen glomm«, weil Petrarca (nicht leicht zu übersetzen!) von einem »Zunder« sprach... Und es gibt Bettina Jacobson, die Eppelsheimer in seiner Auswahl aus Petrarcas Dichtungen und Schriften für würdig erachtete, wiedergegeben zu werden (zuletzt 1956): auch da fehlt es nicht an Stilblüten, so wenn man liest:

Was Wunder, daß ich lieberfüllt mich nannte,

was einen an Wilhelm Busch erinnern mag.

Im Januar 1990 ist dann – in rote Seide gebunden – der voluminöse Band mit sämtlichen Gedichten Petrarcas, übersetzt von Geraldine Gabor und Ernst-Jürgen Dreyer, erschienen (im Verlag »Roter Stern«, Basel und Frankfurt am Main). Den ganzen *Canzoniere* zu übersetzen, alle 366 Gedichte, das ist eine Leistung! Sie wurde in mehreren großen Tageszeitungen entsprechend als ein Übersetzerereignis gepriesen. Ich habe viel darin gelesen: aber ich kann mir nicht helfen, ich werde nicht glücklich damit. Natürlich gibt es Verse von Petrarca, die so verklausuliert sind, daß man sie nicht (oder fast nicht) versteht. Aber in dieser Übersetzung sind es erheblich mehr als im Original. Was heißt zum Beispiel (um bei unserem Sonett XC zu bleiben):

Lebendige Sonne, Geist der Himmelspforte
war, was ich sah. Und ob sie auch entwerde –
nicht heilt die Wunde durch des Bogens Schwäche.

Da muß man nicht nur den Kommentar, sondern auch das Original heranziehen, um die Übersetzung zu verstehen. Sicher, Petrarca liebt solche »privativen Verben« (wie im Nachwort zu dieser Übersetzung betont wird), aber was heißt »entwerden«? Oder was ist mit diesem »entwenden« gemeint:

> Die süßen Hügel, wo ich mich entwendet
> mir selber...

Und ist es etwa keine Stilblüte, wenn da steht:

> du Gras, das der erlauchte
> Rock deckte mit der Zärte
> des Engelsbusens...

Besser gefällt mir die Übersetzung der 43 Sonette und Canzonen, die Karlheinz Stierle ebenfalls 1990 in der »Edition Petrarca« herausgebracht hat. Auch da wird gereimt, aber oft geschieht das auf eine fast unauffällige, geglückte Weise... So wünschte man sich Petrarca ganz übersetzt!

Wie so vieles in unserer Zeit, ist auch das Übersetzen »pluralistisch« geworden. Davon, daß man sich im Grunde einig wäre, wie gut und richtig zu übersetzen sei, kann keine Rede sein. Es gibt die »philologischen Übersetzer«, die es ganz und gar und nur auf die Vollständigkeit der Inhaltsangabe abgesehen haben und sich, bisweilen über das Maß der Lesbarkeit hinaus, an den Duktus, die Syntax und die Wortwahl des Originals anlehnen. Solches »verfremdende Übersetzen« pflegt als »Verständnishilfe« für die Ausgangstexte gerechtfertigt zu werden. Aber das ist eine problematische Sache: besser wird man, wenn man nur einigermaßen in der fremden Sprache zu Hause ist, mit einem Wörterbuch zurechtkommen; vor allem kann einem die Holprigkeit oder das Undeutsche einer solchen Übersetzung die Lust verderben, den betreffenden Text überhaupt zu lesen. Es sind Abschreckungen, keine Hinführungen… (In der Konsequenz dieses Konzepts liegt die Forderung des Gräzisten Schadewaldt, nicht »den Sophokles ins Deutsche, sondern das Deutsche in den Sophokles zu übersetzen«.)

Am anderen Ende der Skala sind die »ungetreuen Schönen« oder »schönen Ungetreuen« anzusiedeln, die im Frankreich des 17. Jahrhunderts erfunden (und so benannt) worden sind. Da überwiegt die Absicht, dem Lesergeschmack entgegenzukommen; die Rücksicht dem Original gegenüber tritt dahinter zurück. Aber welches ist der Lesergeschmack? Darüber pflegt heutzutage eher der Übersetzer selbst zu befinden. (Früher war das noch nicht so ausgeprägt.) Heraus kommen dabei die Übersetzungen des Typs, den Rainer Maria Rilke verkörpert, dessen Übersetzungen alle unverkennbar »rilkoid« klingen, gleich ob es sich um Paul Valéry, Baudelaire oder um die Renaissancelyrikerin Louïse Labé handelt. »Er ist gleichsam gegen seine eigene Person nachgiebig, nicht gegen die übersetzte Dichterin«, meinte Hugo Friedrich in einer überzeugenden Analyse dazu (»Zur Frage der Übersetzungskunst«, Heidelberg 1956).

Und zwischen diesen beiden Extremen gibt es viele verschiedenartige Lösungsversuche des – zumal bei poetischen Texten – letztlich unlösbaren Problems. Gern wird zum Beispiel gesagt, man habe dem fremden Text in der eigenen Sprache die Gestalt gegeben, die der Autor selbst ihm gegeben hätte, wenn er ihn in dieser geschrieben hätte. So hat es beispielsweise der Übersetzer von Umberto Ecos Erfolgsroman »Der Name der Rose«, Burkhardt Kröber, gehalten. (Brieflich an mich.) Schön und gut: aber wieder ist es der Übersetzer, der darüber befindet, wie der Autor in der »Zielsprache« geschrieben hätte, die nicht die seine, sondern diejenige des Übersetzers ist. Auch dieses Prinzip kann übersetzerischen Eigenmächtigkeiten Tür und Tor öffnen.

Nur eines ist also sicher: kein einzelner Versuch, ein fremdsprachliches Werk, vor allem ein dichterisches, in die eigene Sprache zu übersetzen, dürfte allen Ansprüchen genügen – daher muß es mehrere, verschiedenartige Übersetzungen geben, und es muß auch von Zeit zu Zeit neu übersetzt werden, was in älteren Übersetzungen vorliegt, denn Übersetzungen altern schneller als originale Werke. Mit der hier vorgelegten kleinen Auswahl von Petrarcas Liebesgedichten in einer ungereimten, aber etwas stilisierten und leicht rhythmisierten Prosa wird also auch nur ein Angebot gemacht, das weder Ausschließlichkeit noch Endgültigkeit beanspruchen kann. Mir schien es freilich eher geraten, hinter der Poetizität des Originals zurückzubleiben (die ich dennoch stets mit im Auge habe), als durch strikte Versifizierung und Reime dem Leser ein X für ein U vorzumachen.

J. v. St.

Nachwort

Hätte man ihm erzählt, daß von seinem ganzen Werk nur noch die italienischen Liebesgedichte der Nachwelt bekannt sind, wäre Petrarca ebenso erstaunt gewesen wie Voltaire, wenn man ihm gesagt hätte, daß man nur noch seinen *Candide* liest. Er hatte ein Epos, mehrere Geschichtswerke, moralphilosophische Traktate, Streitschriften und viele kunstvolle Briefe geschrieben – und all das in einem Latein, das demjenigen der klassischen Antike wenig oder gar nicht nachstand: Darauf beruhte sein Ruhm, hätte Petrarca zweifellos gedacht, allein schon der Sprache wegen, die er als Humanist ungleich höher schätzte als seine Muttersprache. Das Latein war ihm keine »tote Sprache«. Petrarca dachte lateinisch, er machte sich sogar seine Korrekturnotizen zu den italienischen Gedichten auf lateinisch, und wenn er sich etwas aus seinem Leben notieren wollte, benutzte er dieselbe Sprache. Seine Sonette und Canzonen schrieb er italienisch, nicht weil das dem Spontanausdruck seiner Gefühle besser gedient hätte, sondern weil es dafür eine Tradition gab, in die er seine Gedichte einbetten wollte.

Wenn wir uns ein Bild von Petrarca als Person, Schriftsteller und Dichter machen wollen, müssen wir daher zunächst sein lateinisches Werk ins Auge fassen. Man kann das mit den unerläßlichen Informationen über sein Leben verbinden. Nicht weil man darüber allzuviel über das Werk lernen könnte, wohl aber, weil beide hier besonders eng miteinander verflochten erscheinen und Petrarca gleichsam schon so etwas wie eine literarische Existenz geführt hat. Das allein spricht bereits für seine Modernität. Dann aber stellt sich die Frage, inwieweit auch aus den Liebesgedichten der Humanist zu uns spricht, dem wir in seiner Lebensführung und in seinem lateinischen Schrifttum begegnet sind. – Geboren wurde Francesco Petrarca, der eigentliche Petracco hieß, am 20. Juli 1304 in Arezzo. Sein Vater war, wie Dante, aus Florenz verbannt worden und ist 1312 in den Dienst der Kurie getreten, die damals in Avignon weilte. Er war Notar. In Avignon erhielt Francesco den ersten Unterricht in Grammatik und Rhetorik. Dann ging er zum Studium der Rechte nach Montpellier und Bologna, vollendete aber sein juristisches Studium nicht, wohl weil er sich weit mehr für die Dichtung interessierte. Von 1326 an finden wir ihn wieder in Avignon. Er nimmt am geistigen und gesellschaftlichen Leben der Papststadt regen Anteil und verkehrt insbesondere im Hause der Colonna, einer der angesehensten römischen Adelsfamilien. Ein Colonna war Kardinal, ein anderer Bischof. Zu Ostern 1327 will Petrarca die schöne und wahrscheinlich verheiratete Dame erblickt haben, die er Laura nennt. Die Begegnung soll vor der Kirche Sainte-Claire, die es nicht mehr gibt, stattgefunden haben. Ob das, was Petrarca darüber sagt und was er daraus gemacht hat, der Wahrheit entspricht, ist verhältnismäßig irrelevant. Jahrhunderte haben es geglaubt – aber man mag sich genausogut fragen, ob Hänsel und Gretel wirklich in den Wald gegangen sind oder ob Werther sich wirklich das Leben genommen hat: es geht um eine Fiktionalisierung des Möglichen, um eine Begebenheit, die der Dichter brauchte, um sie zu der Liebesgeschichte auszufabulieren, die diejenige seines *Canzoniere* sein wird. Darin erzählt er auch von Begegnungen mit Laura im Tal der Sorgue, Petrarcas Lieblingsaufenthalt unweit von Avignon: auch sie, sie erst recht sind Fiktion! 1348 soll Laura gestorben sein, wieder an Ostern. Petrarca notiert sich das in seinem Vergilkodex. Im *Canzoniere*, der uns hier hauptsächlich interessiert, wird Lauras Tod erstmals in Sonett 267 erwähnt. Galten die ersten 263 Gedichte der lebenden Geliebten, so die nachfolgenden der verstorbenen, die der Dichter vor seinem geistigen Auge erscheinen sieht und an die er sich erinnert. Tatsächlich ist das vergangene Geschehen ebenso erneuter Gegenstand der Sonette »in morte di Madonna Laura« wie das Flehen des liebenden Dichters um deren Fürbitte im Himmel.

1330 erhielt Petrarca die niederen Weihen. Das war die unterste Stufe zu einer geistlichen Laufbahn, die der Dichter jedoch nicht – wie sein Bruder Gherardo – eingeschlagen hat. Aber so konnte er sich als Hauskaplan bei den Colonnas verdingen und diverse Pfründen entgegennehmen. Von etwas mußte man schließlich leben!

Zu einem nicht geringen Teil bestand Petrarcas Leben aus Reisen. Einmal kommt er bis nach Flandern und entdeckt dort eine verschollene Cicerohandschrift: *Pro Archia poeta*. Ein andermal begibt er sich nach Köln, dann wieder nach Rom. 1357 erwirbt er sich ein kleines Anwesen im Tal der Sorgue bei Vaucluse, was »geschlossenes Tal« bedeutet. Tatsächlich bricht das Flüßchen Sorgue in Gestalt einer kräftigen Quelle aus den Kalkfelsen und sucht sich schlängelnd seine Bahn zwischen steilen Felswänden hindurch in die weite Ebene der Provence. Petrarca hatte sich seine Zufluchtsstätte gut ausgesucht: er hatte einen ausgeprägten Sinn für landschaftliche Schönheit! Vor allem aber wollte er dem hektischen Treiben der Stadt entweichen, um Ruhe zum Lesen und Schreiben zu haben. In Vaucluse entstehen Petrarcas erste größere Werke, vor allem die *Africa*, das Fragment gebliebene Epos im Stile von Vergils *Aeneis*, dessen Held der Republikaner Scipio sein sollte. Auch sein erstes größeres Geschichtswerk entstand schon: *De viris illustribus*, »Von den berühmten Männern« betitelt und Plutarch nachgebildet. Mit diesen beiden Werken – nicht etwa seinen italienischen Gedichten – wurde Petrarca alsbald so berühmt, daß der Senat von Rom beschloß, ihn, einer neubelebten Gepflogenheit aus alter Zeit folgend, auf dem Kapitol zum Dichter zu krönen. Das geschah 1341. Auch der König von Neapel interessierte sich für den Dichter, der nun anfing, verschiedene diplomatische Missionen zu übernehmen. Bei einer solchen Mission (im Auftrage des Papstes) entdeckte Petrarca wieder ein antikes Manuskript: die ersten sechzehn Bücher von Ciceros Briefen. Es ist nicht der einzige Zug, der ihn mit den nachfolgenden Humanisten verbindet. Und gleich schreibt er auch schon selbst Briefe an antike Autoren, unterhält sich mit ihnen wie mit seinesgleichen und nimmt sie sich nicht nur literarisch, sondern auch existentiell zum Muster. Dies vor allem kennzeichnet seinen Humanismus. Er schreibt, wieder in Vauclause, eine Schrift *De vita solitaria*, »Über das einsame Leben«, und beginnt an seinen italienischen Gedichten zu feilen. Eine intensive Korrespondenz verbindet ihn mit seinen Freunden, darunter Boccaccio, viele Geistliche, Fürsten und Humanisten: damit begründet Petrarca die Epistolographie, die im Humanismus der Renaissance aufblühen wird.

1353 verläßt Petrarca endgültig Vaucluse und die Provence, um in Italien zu leben. Er hält sich eine Zeitlang in Mailand auf, dient den Visconti, die die Stadt beherrschen, und begibt sich auch für sie in diplomatischem Auftrag auf Reisen – bis nach Prag, wo er bei Kaiser Karl IV. um Beistand für die Visconti gegen ihre Feinde wirbt. 1361 scheint er nach Paris gekommen zu sein. Als dann jedoch in Mailand die Pest ausbricht – die zuvor auch in Avignon gewütet hatte –, verläßt Petrarca die Stadt und begibt sich nach Venedig. Dort hatte die Stadtverwaltung ihm einen Palazzo angeboten. Er bleibt jedoch nicht lange in der Lagunenstadt, lebt eine Zeitlang in Padua, dann in Pavia (wo er einen seiner bekanntesten Traktate, *De remediis utriusque fortunae*, »Von den Hilfsmitteln gegen Heil und Unheil«, verfaßte). Etwas später entstehen Schmähschriften gegen Juristen und Ärzte, die Petrarcas polemisches Talent zeigen. Schließlich läßt er sich mit seiner unehelichen Tochter und deren Familie in Arquà, imitten der euganeischen Hügel, nieder, wieder einem idyllischen Plätzchen. Kurz vor seinem Tod am 18. Juli 1374 stellt er noch die letzte eigenhändige Abschrift seines *Canzoniere* fertig: es sind nun 366 Gedichte, davon 317 Sonette, 29 Canzonen, 9 Sestinen und einige andere Gedichtformen. Heute findet sich das sorgfältig gehütete kostbare Manuskript in der Vatikansbibliothek.

Überblickt man Petrarcas Leben, so fällt vor allem der stete Wechsel zwischen Reisen und Ruhe, zwischen städtischer Unrast und ländlicher Abgeschiedenheit auf, ein Wechsel, der sich denn auch in seinem Werk wiederholt behandelt findet. Er schwankte, um es humanistisch auszudrücken, zwischen »vita activa« und »vita contemplativa«, zwischen politischem Tätigsein und einer der Muße und den Musen gewidmeten Lebensweise hin und her. Aber dies ist nur einer der vielen Gegensätze, die Petrarca kennzeichnen. Einmal fühlte er sich zum Geistlichen berufen, dann wieder zur Weltlichkeit bestimmt. Über diese Gegensätze informiert, neben den Briefen, am besten eine Schrift, die noch nicht genannt wurde, das *Secretum*. Wir müssen sie um so mehr ins Auge fassen, als sie uns zu dem Liebenden und Dichter zurückführt.

Ausgelöst wurde die Abfassung des *Secretum* durch die Dichterkrönung auf dem Kapitol. Kaum auf diesem ersten Gipfel des Ansehens angelangt, setzte in Petrarca, zu dessen Wesen es gehörte, niemals ganz zufrieden zu sein, eine selbstkritische Reflexion ein. Was bedeutete der Ruhm? Machte er ihm nicht erst recht bewußt, wie vergänglich alles Leben ist? War er überhaupt auf dem richtigen Wege? Und war er der, als den die Welt ihn kannte und pries? Petrarca verfaßte das *Secretum* – dessen ursprünglicher Titel lautete: »De secreto conflictu curarum mearum«, also: »Über den heimlichen Konflikt meiner Sorgen« – als einen Dialog mit dem Kirchenvater Augustin, dem die Wahrheit als stille Partnerin beiwohnt. Es war eine Lebensbeichte, die der Dichter dem frommen Manne ablegen wollte, wozu jedoch zu sagen wäre, daß ihm Augustin nicht nur als der Autor der »Bekenntnisse« dabei Pate gestanden hat, sondern auch als der gebildete Humanist, der sich selbst von einer Schrift Ciceros zu seinem Christentum hatte bekehren lassen, der Mann, der wie kein zweiter die Lektüre der heidnischen Autoren als eine Art Vorschule für den Glauben aufzufassen gelehrt hatte.

Im ersten Teil des Zwiegesprächs bezichtigt sich Petrarca seines Unvermögens, durch den christlichen Glauben seine Furcht vor dem Tode zu überwinden; der zweite – uns hier besonders interessierende – Teil handelt von der »acedia«, jener als »Mönchskrankheit« bekannten Form der Schwermut und Entschlußlosigkeit, an der Petrarca – wohl wissend, daß es eine Sünde sei – leidet; im dritten Teil tritt dann zusammen mit dem Thema Liebe die Ruhmsucht in den Vordergrund, und beide Themen sind bis zur Untrennbarkeit miteinander verwoben. Die »acedia« oder »accidia« lähmt Petrarca, sie läßt ihn an allem, Äußeren wie Innerem, Anstoß nehmen, bedrückt ihn, erfüllt ihn mit Angst und läßt ihn die ganze Welt schwarz sehen – es ist vieles von dem, was die Romantiker »ennui«, die Engländer »spleen« nennen werden, darin schon enthalten. Nirgendwo finde er Halt, nirgendwo Trost, beklagt sich der Beichtende bei Augustin – und, schlimmer, zugleich weide er sich an seinem Elend, zugleich genieße er seine Misere. Es ist eine »voluptas dolendi«, wie Seneca dieses fast schon masochistische Empfinden genannt hat, eine mit heimlichen Lustempfindungen durchsetzte Qual. Augustin ruft zuerst die antiken Moralphilosophen in Erinnerung. Vielleicht liege es daran, daß er zu hoch hinauswollte, meint der Kirchenvater. Er empfiehlt, sich an die Lehre von der »aurea mediocritas« zu halten, an das »goldene Mittelmaß«, das man vor allem von Horaz her kennt. Das sei ihm nichts Neues, sagt Petrarca, aber es helfe ihm nicht. Darauf folgt eine erstaunliche Beschreibung städtischen Lärms und städtischer Unrast, in der von den kläffenden Hunden und grunzenden Schweinen über den Lärm und das Gerumpel der Pferdefuhrwerke bis zum »Durcheinander des sich drängenden Pöbels« nicht viel fehlt zu einer modernen Stadtklage. Doch Augustin erklärt, wer am äußeren Lärm soviel Anstoß nehme, dem fehle es vor allem an der inneren Ruhe.

Petrarca fühlt sich getroffen: Sehnsucht nach Ruhe, nach Seelenfrieden, das ist's, was ihn zutiefst bewegt. Doch wie kann man sie stillen? Wieder ruft der Kirchenvater antike Autoren in Erinnerung, Senecas Schrift *De tranquillitate animum* vor allem, aber auch Ciceros philosophische Traktate. Er kenne diese alle, meint Petrarca. Da entwickelt Augustin einen ganz unscheinbaren Gedanken: offenbar, sagt er, habe Petrarca nicht gründlich genug gelesen! Man müsse diese Texte nicht nur einmal, sondern mehrmals lesen und sich gewisse Merkzeichen machen, die einem das Wiederauffinden markanter Sätze erleichtern. Was er empfiehlt, ist eine »Mnemotechnik«, oder einfacher: eine neue Kunst des Lesens – und sie ist zur Grundlage der Bildungsreform geworden, die wir meinen, wenn wir vom Humanismus der Renaissance sprechen. Petrarca hat tatsächlich eine neue »Kunst des Lesens« erfunden und sie seinen Schülern und Bewunderern vermacht. Man kennt sie von vielen Sammlungen aus humanistischer Feder, am besten von denjenigen antiker »Dicta et facta« des Erasmus von Rotterdam.

Petrarca hat seine Tätigkeit besonders gern mit derjenigen der fleißigen Bienen verglichen. Der Vergleich, den er von Seneca übernommen hatte, ist uralt: er läßt sich bis ins Sanskrit zurückverfolgen. Wie die Bienen aus den verschiedensten Blumen ihren Nektar holen, ihn dann nach Hause tragen und zum süßen Honig verarbeiten, so meinte Petrarca, seinen Gewährsleuten folgend, müsse der Schriftsteller oder Dichter sich in mancherlei Schriften anderer umsehen und das dort »Erlesene« zum Honig der eigenen Schrift oder Dichtung verarbeiten. Der Sinn des Vergleichs ist ein doppelter: einmal unterstreicht er, daß es gilt, sich nicht nur an ein einziges Beispiel zu halten, sondern mehrere Muster zum Vorbild zu nehmen, zum anderen liegt der Akzent mindestens ebensosehr auf der eigenen Verarbeitung wie auf dem Einsammeln. Petrarca hat diesen letzteren Aspekt immer besonders hervorgehoben. Daß der humanistische Dichter (denn darum geht es) nicht zu »erfinden«, sondern eher zu »finden«, daß er also Überliefertes neu zu formen habe, kann als eine Selbstverständlichkeit gelten – aber über die Modalitäten des Sich-Aneignens und Neuformens hat sich Petrarca durchaus eigene Gedanken gemacht.

Wenn er in der Sprache seiner Vorlagen dichtete, gleich ob dies das Lateinische oder Italienische war, so, meinte Petrarca, müsse er das Übernommene entweder als solches kennzeichnen, also zitieren, oder es sprachlich so umgestalten, daß es eine Aussage eigener, neuer Art wurde. Er wußte also – und das war neu –, daß man fremdes Gut nicht, ohne es zu benennen, übernehmen dürfe: das wäre ein Plagiat. Die künstlerischen Umformungen zu erkennen und das dahinter versteckte Original ausfindig zu machen macht einen besonderen Lektürereiz solch humanistischen Schreibens aus. Und das gilt selbstverständlich ebenso für die italienischen Gedichte, mag da auch die Umsetzung von den Quellen, wenn sie lateinisch waren (Griechisch kam weniger in Frage), bereits eine Umgestaltung des zuvor Gesagten bedeuten. »Süß« aber sollte das Ergebnis sein. »Dolce« ist ein Lieblingswort Petrarcas, und es bezeichnet (wie im Lateinischen) gern eine akustische Qualität, den »Wohlklang«, den der Christ vom Heiligen Bernhard kennt, der der »Doctor mellifluus« genannt wurde.

Petrarca hat an seinen italienischen Gedichten nicht weniger, sondern eher mehr gefeilt als an seinen lateinischen Werken. Aber er glaubte es sich als Humanist schuldig zu sein, ihnen einen geringeren Rang zuzuweisen. Daher benannte er seine Sammlung betont abschätzig »Rerum vulgarium fragmenta«, also »Bruchstücke in der Landessprache«. Daß sie insofern humanistisch genannt zu werden verdienen, als sie wie die lateinischen Schriften auf Vorgegebenem beruhten, wurde schon angedeutet. Im besonderen trat Petrarca in Wettstreit mit Dante und den anderen italienischen Sonett- und Liebesdichtern des sogenannten »Dolce stil nuovo«. Diese hatten sich auf eine Dichterschule berufen, die zuvor in Sizilien florierte, die »Scuola Siciliana« – und sie wiederum fußte auf der Minnedichtung der Provenzalen, die wir als »Troubadoure« kennen und die im 12. Jahrhundert aufgeblüht war. Wir haben es also mit einer über hundertjährigen Tradition zu tun, die in Petrarca gipfelt – und die ihrerseits zu einer Tradition der Sonett- und Liebesdichtung Anlaß gegeben hat, die bis ins frühe 19. Jahrhundert reicht. Das allgemeinste Kennzeichen dieser Dichtung dürfte die hohe Stellung der Frau sein, die vom Dichter als einem dienenden Liebenden verehrt wird, wobei Keuschheit die Regel ist. Das Konzept der idealen Liebe – oder auch Minne – dürfte letztlich platonischen Ursprungs sein, hat aber sicher mit den Verhältnissen der feudalhöfischen Gesellschaft des Mittelalters zu tun. Petrarcas Liebe ist jedoch von sinnlichem Verlangen nicht frei: daß sie zwischen diesem und dem Bedürfnis nach Sublimierung hin und her schwankt und nie aus diesem Schwanken herauskommt, macht ihre Modernität aus.

Natürlich strebte Petrarca auch als Christ nach Keuschheit. Ob er im Innersten wirklich christlich zu nennen ist, darüber streiten sich freilich die Gelehrten. Hatte er doch auch den heiligen Augustin gleichsam dazu mißbraucht, ihm die heidnischen Autoren ans Herz zu legen. Introspektion – ja! Aber galt sie wirklich dem Seelenheil, richtete sie sich nicht vielmehr darauf, die spannungsvollen Widersprüche der eigenen Psyche auszuloten? Nicht daß Petrarca über seine sündige Neigung nicht Reue empfunden hätte, nicht daß er der Unruhe, vielleicht sogar der Angst, in die der »Liebeskrieg« ihn versetzte, nicht hätte entfliehen wollen – aber all das stimulierte ihn als Dichter: und daß ihm das am Herzen lag, können wir mit Sicherheit annehmen. Es genügt also nicht, Petrarca eine Art Willensschwäche anzukreiden, es geht um eine Unentschiedenheit, die poetisch fruchtbar zu machen war. Und sie liegt auf derselben Linie wie die »acedia«, die wir als eine »voluptas dolendi« kennengelernt haben. Ja, Petrarca hat seine Lust am Schreiben selbst ganz ähnlich beschrieben. So sehr er sich als Schreibender der Eitelkeit bezichtigte, er konnte doch nicht davon lassen. So spricht er denn in einem Brief von der »unheilbaren Krankheit des Schreibens«, *De insanabile morbo scribendi*. Die Schwermut oder den Weltschmerz, das Schreiben und die Liebe in dieser Weise analog zu empfinden, was könnte es Moderneres geben? (Wir befinden uns bei Petrarca tatsächlich näher an Sigmund Freud als am Kirchenvater Augustin – nur daß dabei eben eine der bedeutendsten Lyriken der Welt herausgekommen ist.)

Um Laura ging es bei alldem, wie ersichtlich, wenig. Sie dürfte wirklich kaum mehr als ein Vorwand dafür gewesen sein, die bekannten, von der lyrischen Tradition überlieferten Stationen der Liebeserfahrung durchzumachen. Was immer an Erlebtem hinter Petrarcas Lyrik stehen mag, braucht uns nicht weiter zu interessieren. Es geht nicht um Erlebnislyrik, wie bei den Romantikern oder wie bei dem Goethe des »Über allen Wipfeln ist Ruh'«. Das nimmt der Lyrik des *Canzoniere* nichts von ihrer Wahrhaftigkeit. Von Erfahrungen zu sprechen ist besser als von Erlebnissen, noch besser sollte man vielleicht davon sprechen, was dem Liebenden alles *widerfahren* kann: davon handelt die (dementsprechend durchkomponierte) Sammlung. Wahrscheinlich liegt hier auch ein fundamentaler Unterschied zwischen Petrarca und seinen Vorgängern, die uns nicht im selben Maße wie »Spielbälle der Leidenschaft« vorkommen wollen, wie dieser Liebende, den das »dichterische Ich« zu nennen zweifellos besser angebracht ist als »Petrarca«.

Mit alldem haben wir die Frage nach dem Humanismus von

Petrarcas Lyrik schon hinter uns gelassen. Aber es sollte nicht vergessen werden, daß davon auch in einem äußerlicheren, stofflichen Sinne durchaus gesprochen werden kann. Denn sie ist ja von mythologischen Anspielungen, Begriffen und Figuren durchsetzt. Der laue Wind heißt selbstverständlich »Zephir«, »Aurora« die Morgenröte, und so weiter und so fort. Selbst Laura ist nach Vergil und Ovid stilisiert. Von diesen beiden stammen zum Beispiel die blonden Locken, die – in Sonett XC – lose im Winde wehen. Und natürlich ist die Liebesmetaphorik selbst, sind Amors Pfeile, ist das Feuer und das Eis antik vorgegeben. In Hugo Friedrichs Kommentar zu den Petrarca-Gedichten der *Epochen der italienischen Lyrik* kann man sich hierüber vortrefflich informieren, falls man nicht vorzieht, einen der gelehrten italienischen Petrarca-Kommentare zu konsultieren.

Und Laura ist auch insofern als Person unwichtig, als sie ja fast immer nur Objekt der Liebe ist: Der Liebende ist das Subjekt, er schaut, und schaut sich beim Schauen zu. Dazu kommt etwas Landschaft (aber nicht zuviel) als Kulisse, denn Petrarca ist ein Meister der lyrischen Sparsamkeit. Das unterscheidet ihn von den barocken Dichtern. In einer überwiegend schlichten, wenn auch spezialisierten Sprache werden Geschehnisse berichtet, wie sie durch die lyrische Tradition legitimiert sind. Schockierende Neuigkeiten bringt der Dichter nicht. Das macht eine der Schwierigkeiten aus, die wir mit Petrarca haben mögen: es ist alles so wohlvertraut, so wenig sensationell! Nur sprachlich gibt es ein paar Pikanterien, vor allem die »privativen Verben« wie »spopolarsi«, sich entvölkern, wie »snervarsi«, sich entkräften, oder wie das unnachahmliche »disacerbarsi«, was wir nur schlecht mit entbittern wiedergeben können: »Cantando il duol si disacerba«, heißt es einmal in Sonett XXIII: »singend entbittert sich der Schmerz«, das ist eine Aussage, die Petrarcas poetisches Schaffen erklärt. Der Schmerz ist die Grundlage, der Auslöser des Dichtens, das ihn nicht aus der Welt schafft, aber eben dadurch erträglich macht, daß er ins schöne, klingende Wort gefaßt wird. Wieviel Italienisches liegt darin, wieviel von dem, wozu die italienische Sprache ohnehin und jedermann dient! Da geht es nicht um »Kommunikation«: es geht darum, sich das Herz zu erleichtern, »sfogarsi il cuore«.

Also: soviel in dieser Lyrik auch analysiert, soviel argumentiert wird, hier werden keine Probleme gelöst. Freilich, darin wird auch nicht geraunt. Es herrscht, im Gegenteil, durchaus Klarheit in diesen Gedichten, die nicht zufällig in der Mehrzahl Sonette sind, also eine gedankliche Struktur besitzen, in denen es um Aussagen geht, die an einem bestimmten Punkt ansetzen, dann weitergeführt werden und zumeist in einer Konklusio gipfeln, die auch ein Bild sein kann. So die Sonette, die eine Erfindung der sizilianischen Dichterschule sind. Die Canzonen hingegen, das zeigen unsere wenigen Beispiele, sind eher additiv gebaut: da geht es um variierte Wiederholungen ohne einen zusammenfassenden Schluß.

Aber wird in Petrarcas Gedichten nicht ein bißchen zu viel geweint? Gewiß: damit mögen wir an angelsächsische Unterkühlung gewohnten Menschen unsere Schwierigkeit haben. Man muß davon absehen und sich das Weinen als einen Genuß vorstellen. Auch hier haben wir es vielleicht mit einem typisch italienischen Reagieren zu tun. Auf jeden Fall ist's Subjektivismus, ist's ein ehrliches und ungeniertes Interesse am eigenen Empfinden, auch und gerade dem traurigen. Vielleicht kommt dieser Subjektivismus einem sich wieder anbahnenden Lebensgefühl unserer Zeit entgegen. Das würde

Petrarcas Chance, wieder Gehör zu finden, erhöhen. Aber ein Dichter für die Masse wird er nicht werden. Das paßte nicht zu ihm. Denn natürlich dachte er »elitär« und hat, mit Horaz, das »profane Volk« gehaßt.

Mit Vorstellungen, wie sie einem Schriftsteller der Aufklärung gegenüber angebracht wären, dürfen wir nicht an Petrarca herangehen. Von Engagement kann da nicht die Rede sein – oder wenn, dann höchstens von einem Engagement für die Kunst. Da hat Petrarca ebensoviel Fingerspitzengefühl wie Ausdauer und Energie besessen. Er war ein behutsamer Fanatiker der Form. So schafft denn seine Dichtung keine Übel aus der Welt, sie bessert keine Verhältnisse, aber sie kann bezaubern, sie kann die Übel, die sie nicht leugnet, denn sie ist ehrlich, ins Kunstwerk bannen. Petrarcas Dichtung ist ein Exorzismus.

J. v. St.

Verzeichnis der italienischen und deutschen Gedichtanfänge

Französische Literatur
im insel taschenbuch

Alain: Im Haus des Menschen. Betrachtungen. Übersetzt und mit einem Nachwort herausgegeben von Franz Joseph Krebs. it 1922
– Sich beobachten heißt sich verändern. Betrachtungen. Auswahl, Übersetzung und Nachwort von Franz Josef Krebs. Neuübersetzung. it 1559

Honoré de Balzac: Die alte Jungfer. Aus dem Französischen von Hedwig Lachmann. it 1904
– Das Chagrinleder. Aus dem Französischen von Hedwig Lachmann. it 1918
– Die Chuoans - Rebellen des Königs. Aus dem Französischen von Johannes Schlaf. it 1917
– Eine dunkle Affaire. Aus dem Französischen von Felix Paul Greve. it 1920
– Eugénie Grandet. Aus dem Französischen von Gisela Etzel. Herausgegeben von Eberhard Wesemann. it 1127
– Eugénie Grandet. Vorwort zur menschlichen Komödie von Balzac. Einleitung von Hugo von Hoffmannsthal. it 1901
– Die Frau von dreißig Jahren. Aus dem Französischen von Hedwig Lachmann. it 1914
– Die Geschichte der Dreizehn. Aus dem Französischen von Ernst Hardt. it 1907
– Glanz und Elend der Kurtisanen. Aus dem Französischen von Felix Paul Greve. it 1908
– Gobseck. Das Haus zu ›Ballspielenden Katze‹. Aus dem Französischen von Johannes Schlaf. it 1913
– Ein Junggesellenheim. Aus dem Französischen von Felix Paul Greve. it 1903
– Der Landarzt. Aus dem Französischen von Felix Paul Greve. it 1915
– Die Lilie im Tal. Aus dem Französischen von René Schickele. it 1916
– Oberst Chabert. Aus dem Französischen von Felix Paul Greve. it 1912
– Pierrette. Aus dem Französischen von Christina Mansfeld. it 1905
– Tante Lisbeth. Aus dem Französischen von Arthur Schurig. it 1909
– Tolldreiste Geschichten. Aus dem Französischen von Benno Rüttenauer. Mit Illustrationen von Gustave Doré. it 911
– Ursule Mirouet. Aus dem Französischen von Johannes Schlaf. it 1902
– Vater Goriot. Aus dem Französischen von Gisela Etzel. it 1911
– Das verfluchte Kind. Aus dem Französischen von Erika Wesemann, Karla Büschel und Felix Paul Greve. it 1919
– Verlorene Illusionen. Aus dem Französischen von Hedwig Lachmann. it 1906

152/1/12.96

Französische Literatur im insel taschenbuch

Honoré de Balzac: Vetter Pons. Aus dem Französischen von Franz Franzius. it 1910

Charles Baudelaire: Die Blumen des Bösen. Übertragen von Carlo Schmid. it 120

Pierre Augustin Caron de Beaumarchais: Die Figaro-Trilogie. Der Barbier von Sevilla oder Die nutzlose Vorsicht. Der tolle Tag oder Figaros Hochzeit. Die Schuld der Mutter oder Ein zweiter Tartuffe. Deutsch von Gerda Scheffel. Nachwort von Norbert Miller. Mit zeitgenössischen Illustrationen. it 228

George Clémenceau: Claude Monet. Betrachtungen und Erinnerungen eines Freundes. Mit farbigen Abbildungen und einem Nachwort von Gottfried Boehm. it 1152

Alphonse Daudet: Briefe aus meiner Mühle. Aus dem Französischen von Alice Seiffert. it 446

– Tartarin von Tarascon. Die wunderbaren Abenteuer des Tartarin von Tarascon. Mit 45 Zeichnungen von Emil Preetorius. it 84

Denis Diderot: Die Nonne. Mit einem Nachwort von Robert Mauzi, die Übersetzung des Nachworts besorgte Margaret Carroux. it 31

Alexandre Dumas fils: Die Kameliendame. Aus dem Französischen von Walter Hoyer. Mit Illustrationen von Paul Gavarni. it 546

Alexandre Dumas père: Die drei Musketiere. Aus dem Französischen von Herbert Bräuning. it 1131

– Der Graf von Monte Christo. 2 Bde. Bearbeitung einer alten Übersetzung von Meinhard Hasenbein. Mit Illustrationen von Pavel Brom und Dagmar Bromova. it 266

Gustave Flaubert: Bouvard und Pécuchet. Aus dem Französischen übersetzt von Georg Goyert. Mit Illustrationen von András Karakas. Mit einem Vorwort von Victor Brombert und einem Nachwort von Uwe Japp. it 373

– Bouvard und Pécuchet. it 1861

– Drei Erzählungen. it 1862

– Lehrjahre des Gefühls. Geschichte eines jungen Mannes. Übertragen von Paul Wiegler. Mit einem Essay und einer Bibliographie von Erich Köhler. it 1863

– Madame Bovary. Aus dem Französischen von Maria Dessauer. it 1864

– November. Aus dem Französischen von Ernst Sander. Mit einem Nachwort von Monika Bosse. it 1765 und it 1865

– Reise in den Orient. Aus dem Französischen von Reinhold Werner und André Stoll. it 1866

152/2/12.96

Französische Literatur im insel taschenbuch

Gustave Flaubert: Salammbô. Herausgegeben und mit einem Nachwort versehen von Monika Bosse und André Stoll. Aus dem Französischen übersetzt von Georg Brustgi. it 342 und it 1867

– Ein schlichtes Herz und andere Erzählungen. Aus dem Französischen von Cora van Kleffens und André Stoll. Großdruck. it 2314

– Die Versuchung des heiligen Antonius. Aus dem Französischen von Barbara und Robert Picht. it 1868

Edmond und Jules de Goncourt: Tagebücher. Übertragen und herausgegeben von Justus Franz Wittkop. Mit zeitgenössischen Abbildungen. it 1834

Victor Hugo: Der Glöckner von Notre-Dame. Roman. Aus dem Französischen von Else von Schorn. Mit zeitgenössischen Illustrationen. it 1781

Choderlos de Laclos: Schlimme Liebschaften. Mit 14 Kupferstichen. Übertragen und eingeleitet von Heinrich Mann. it 12

Jean de La Fontaine: Die schönsten Fabeln. Aus dem Französischen von Thomas Keck. Mit farbigen Illustrationen von Rolf Köhler und einem Nachwort von Jürgen von Stackelberg. it 1451

Guy de Maupassant: Bel-Ami. Aus dem Französischen von Josef Halperin. Mit zeitgenössischen Illustrationen. it 280

Prosper Mérimée: Carmen. Mit Zeichnungen von Pablo Picasso. Aus dem Französischen übersetzt von Franz Schnabel. it 361

Honoré-Gabriel Mirabeau: Der gelüftete Vorhang oder Lauras Erziehung. Aus dem Französischen von Eva Moldenhauer. Nachbemerkung von Norbert Miller. it 32

Molière: Der eingebildete Kranke. Aus dem Französischen von Johanna Walser und Martin Walser. it 1014

– Der Menschenfeind. Nach dem Französischen des Molière von Hans Magnus Enzensberger. it 401

Michel de Montaigne: Essais. Herausgegeben und mit einem Nachwort versehen von Ralph-Rainer Wuthenow. Revidierte Fassung der Übertragung von Johann Joachim Bode. it 220

– Tagebuch einer Reise durch Italien. Aus dem Französischen von Otto Flake. it 1074

Blaise Pascal: Größe und Elend des Menschen. Aus den »Pensées«. Auswahl, Übersetzung und Nachwort von Wilhelm Weischedel. it 441

Renate Wiggershaus: Marcel Proust. Leben und Werk in Texten und Bildern. it 1348

152/3/12.96

Französische Literatur im insel taschenbuch

François Rabelais: Gargantua und Pantagruel. Mit Illustrationen von Gustave Doré. Herausgegeben von Horst und Edith Heintze. Erläutert von Horst Heintze und Rolf Müller. 2 Bände. Übersetzung auf Grund der maßgebenden französischen Ausgabe, unter Benutzung der deutschen Fassung von Ferdinand Adolf Gelbcke. it 77

Arthur Rimbaud: Sämtliche Werke. Französisch und deutsch. Übertragen von Sigmar Löffler und Dieter Tauchmann. Mit Erläuterungen zum Werk und einer Chronologie zum Leben Arthur Rimbauds, neu durchgesehen von Thomas Keck. it 1398

Jean-Jacques Rousseau: Bekenntnisse. Aus dem Französischen von Ernst Hardt. Mit einer Einführung von Werner Krauss. it 823

Marquis de Sade: Justine oder Die Leiden der Tugend. Mit einem Essay von Albert Camus. Aus dem Französischen von Raoul Haller. it 1257

– Verbrechen der Liebe. Heroische und tragische Novellen. Aus dem Französischen von Christian Barth. it 1448

George Sand: Geschichte meines Lebens. Aus ihrem autobiographischen Werk ausgewählt und mit einer Einleitung versehen von Renate Wiggershaus. it 313

– Indiana. Aus dem Französischen von A. Seubert. Mit einem Essay von Annegret Stopczyk. it 711

– Lélia. Aus dem Französischen von Anna Wheill. Mit einem Essay von Nike Wagner. it 737

– Lucrezia Floriani. Roman. Aus dem Französischen von Anna Wheill. it 858

Misia Sert: Pariser Erinnerungen. Aus dem Französischen von Hedwig Andertann. Mit einem Bildteil. it 1180

Madame de Sévigné: Briefe. Herausgegeben und übersetzt von Theodora von der Mühl. Mit zeitgenössischen Kupferstichen. it 395

Anne Germaine Madame de Staël: Über Deutschland. Vollständige und neu durchgesehene Fassung der deutschen Erstausgabe von 1814 in der Gemeinschaftsübersetzung von Friedrich Buchholz, Samuel Heinrich Catel und Julius Eduard Hitzig. Herausgegeben und mit einem Nachwort versehen von Monika Bosse. Mit einem Register, Anmerkungen und einer Bilddokumentation. it 623

Stendhal: Die Kartause von Parma. Vollständige Ausgabe. Aus dem Französischen von Arthur Schurig. it 1222

– Rot und Schwarz. Vollständige Ausgabe. Aus dem Französischen von Arthur Schurig. Mit einem Nachwort von Uwe Japp. it 1210 und it 1642

– Über die Liebe. Vollständige Ausgabe. Aus dem Französischen und mit einer Einführung von Walter Hoyer. it 124

152/4/12.96

Französische Literatur im insel taschenbuch

Paul Verlaine: Poetische Werke. Französisch und deutsch. Übertragen von Sigmar Löffler. it 1556

François Villon: Sämtliche Dichtungen. Zweisprachige Ausgabe. Aus dem Französischen von Walther Küchler. it 1039

Voltaire: Candide oder der Optimismus. Mit Zeichnungen von Paul Klee. it 11

– Sämtliche Romane und Erzählungen. Mit einer Einleitung von Victor Klemperer und Stichen von Moreau le jeune. Aus dem Französischen übersetzt von Ilse Lehmann. it 209

Emile Zola: Das Geld. Aus dem Französischen von Leopold Rosenzweig. it 1749

– Germinal. Aus dem Französischen von Armin Schwarz. Mit Illustrationen von Renate Sendler-Peters. it 720

– Nana. Aus dem Französischen und mit einem Nachwort versehen von Erich Marx. Illustrationen von Renate Sendler-Peters. it 398 und it 1646

– Thérèse Raquin. Aus dem Französischen von Ernst Hardt. it 1146

152/5/12.96

Englische und amerikanische Literatur im insel taschenbuch

Elizabeth von Arnim: Alle meine Hunde. Aus dem Englischen von Karin von Schab. it 1502
– April, May und June. Aus dem Englischen von Angelika Beck. Mit einem Nachwort von Kirsten Jüngling und Brigitte Roßbeck. it 1722
– Elizabeth und ihr Garten. Aus dem Englischen von Adelheid Dormagen. it 1293 und Großdruck. it 2338
– Der Garten der Kindheit. Aus dem Englischen übersetzt von Leonore Schwartz. Großdruck. it 2361
– In ein fernes Land. Roman. Aus dem Englischen von Angelika Beck. it 1927
– Jasminhof. Roman. Aus dem Englischen von Helga Herborth. it 1677
– Liebe. Roman. Aus dem Englischen von Angelika Beck. Deutsche Erstausgabe. it 1591
– Die Reisegesellschaft. Roman. Aus dem Englischen von Angelika Beck. it 1763
– Sallys Glück. Roman. Aus dem Englischen von Schamma Schahadat. it 1764
– Vater. Roman. Aus dem Englischen von Anna Marie von Welck. Neuübersetzung. it 1544
– Vera. Roman. Aus dem Englischen von Angelika Beck. it 1808
– Verzauberter April. Roman. Aus dem Englischen von Adelheid Dormagen. Mit Fotos aus dem gleichnamigen Film. it 1538
– Verzauberter April. Roman. Aus dem Englischen von Adelheid Dormagen. Großdruck. it 2346

Jane Austen: Die Abtei von Northanger. Aus dem Englischen von Margarete Rauchenberger. Mit Illustrationen von Hugh Thomson. it 931
– Anne Elliot. Aus dem Englischen von Margarete Rauchenberger. Mit Illustrationen von Hugh Thomson. it 1062
– Emma. Aus dem Englischen von Charlotte Gräfin von Klinckowstroem. Mit Illustrationen von Hugh Thomson. it 511
– Die großen Romane. Mit den Illustrationen von Hugh Thomson. Sieben Bände in Kassette. it 511, it 787, it 931, it 1062, it 1192, it 1503 und it 1615
– Lady Susan. Ein Roman in Briefen. Aus dem Englischen von Angelika Beck. Mit zwei Romanfragmenten: Die Watsons. Sanditon. Aus dem Englischen von Elizabeth Gilbert. it 1192
– Mansfield Park. Aus dem Englischen von Angelika Beck. Mit Illustrationen von Hugh Thomson. it 1503
– Stolz und Vorurteil. Aus dem Englischen von Margarete Rauchenberger. Mit Illustrationen von Hugh Thomson und mit einem Essay von Norbert Kohl. it 787

153/1/12.96

Englische und amerikanische Literatur im insel taschenbuch

Jane Austen: Verstand und Gefühl. Roman. Aus dem Englischen von Angelika Beck. Mit Illustrationen von Hugh Thomson. it 1615

Francis Bacon: Essays. Herausgegeben und mit einem Nachwort versehen von Helmut Winter. it 1514

Harriet Beecher-Stowe: Onkel Toms Hütte. In der Bearbeitung einer alten Übersetzung. Herausgegeben und mit einem Nachwort versehen von Wieland Herzfelde. Mit 27 Holzschnitten von George Cruikshank aus der englischen Ausgabe von 1852. it 272

Ambrose Bierce: Aus dem Wörterbuch des Teufels. Auswahl, Übersetzung und Nachwort von Dieter E. Zimmer. it 440

– Mein Lieblingsmord. Erzählungen. Mit einem Nachwort von Edouard Roditi. Aus dem Amerikanischen von Gisela Günther. it 39

Anne Brontë: Agnes Grey. Aus dem Englischen von Elisabeth von Arx. it 1093

– Die Herrin von Wildfell Hall. Roman. Aus dem Englischen neu übersetzt von Angelika Beck. it 1547

Charlotte Brontë: Jane Eyre. Eine Autobiographie. Aus dem Englischen von Helmut Kossodo. Mit einem Essay und einer Bibliographie herausgegeben von Norbert Kohl. it 813

– Der Professor. Aus dem Englischen von Gottfried Röckelein. it 1354

– Shirley. Aus dem Englischen von Johannes Reiher und Horst Wolf. it 1145

– Über die Liebe. Herausgegeben von Elsemarie Maletzke. Übertragen von Eva Groepler und Hans J. Schütz. it 1249

– Villette. Roman. Aus dem Englischen von Christiane Agricola. it 1447

Emily Brontë: Die Sturmhöhe. Aus dem Englischen von Grete Rambach. it 141 und Großdruck. it 2348

Edward George Bulwer-Lytton: Die letzten Tage von Pompeji. Aus dem Englischen von Friedrich Notter. it 801

Lewis Carroll: Alice hinter den Spiegeln. Mit einundfünfzig Illustrationen von John Tenniel. Übersetzt von Christian Enzensberger. it 97

– Alice im Wunderland. Mit zweiundvierzig Illustrationen von John Tenniel. Übersetzt und mit einem Nachwort von Christian Enzensberger. it 42

– Briefe an kleine Mädchen. Aus dem Englischen übersetzt und herausgegeben von Klaus Reichert. Mit Fotografien des Autors. it 1554

Geoffrey Chaucer: Die Canterbury-Erzählungen. Vollständige Ausgabe. Aus dem Englischen übertragen und herausgegeben von Martin Lehnert. Mit Illustrationen von Edward Burne-Jones. it 1006

153/2/12.96

Englische und amerikanische Literatur im insel taschenbuch

Gilbert Keith Chesterton: Alle Pater-Brown-Geschichten. 2 Bände in Kassette. it 1263/1149

– Die schönsten Pater-Brown-Geschichten. it 2332

Joseph Conrad: Herz der Finsternis. Erzählung. Aus dem Englischen von Reinhold Batberger. it 1730

James Fenimore Cooper: Der letzte Mohikaner. Vollständige Ausgabe. Mit Illustrationen von O. C. Darley und einer Nachbemerkung von Peter Härtling. it 1773

Daniel Defoe: Glück und Unglück der berühmten Moll Flanders, die, im Zuchthaus Newgate geboren, nach vollendeter Kindheit noch sechzig wertvolle Jahre durchlebte, zwölf Jahre Dirne war, fünfmal heiratete, darunter ihren Bruder, zwölf Jahre lang stahl, acht Jahre deportierte Verbrecherin in Virginien war, schließlich reich wurde, ehrbar lebte und reuig verstarb. Beschrieben nach ihren eigenen Erinnerungen. Deutsch von Martha Erler. Mit Illustrationen von William Hogarth und einem Essay von Norbert Kohl. it 707

– Robinson Crusoe. Mit Illustrationen von Ludwig Richter. In der Übersetzung von Hannelore Novak. it 41

Charles Dickens: Bleak House. Aus dem Englischen von Richard Zoozmann. Mit Illustrationen von Phiz. it 1110

– David Copperfield. Mit Illustrationen von Phiz. it 468

– Eine Geschichte aus zwei Städten. Mit Illustrationen von Phiz. it 1033

– Große Erwartungen. Aus dem Englischen von Margit Meyer. Mit Illustrationen von F. W. Pailthorpe. it 667

– Harte Zeiten. Aus dem Englischen von Paul Heichen. Mit Illustrationen von F. Walker und Maurice Greiffenhagen. it 955

– Nikolaus Nickleby. Mit Illustrationen von Phiz. it 1304

– Oliver Twist. Aus dem Englischen von Reinhard Kilbel. Mit einem Nachwort von Rudolf Marx und 24 Illustrationen von George Cruikshank. it 242

– Die Pickwickier. Mit Illustrationen von Robert Seymour, Robert William Buss und Phiz. it 896

– Weihnachtserzählungen. Mit Illustrationen von Leech, Stanfiels, Stone u. a. it 358

Henry Fielding: Tom Jones. Die Geschichte eines Findelkindes. 2 Bde. Mit Illustrationen von Gravelot und Moreau le jeune. Herausgegeben und mit einem Nachwort von Norbert Kohl. it 504

Penelope Fitzgerald: Frühlingsanfang. Roman. Aus dem Englischen von Christa Krüger. it 1693

153/3/12.96

Englische und amerikanische Literatur im insel taschenbuch

James Joyce: Die Katze und der Teufel. Deutsche Übertragung von Fritz Senn. Farbig illustriert von Roger Blachon. Mit einem Vorwort von Stephen J. Joyce. it 1610

D. H. Lawrence: Liebesgeschichten. Aus dem Englischen von Heide Steiner. it 1678

Edward Lears kompletter Nonsens. Limericks, Lieder, Balladen und Geschichten. Ins Deutsche geschmuggelt von Hans Magnus Enzensberger. Mit Illustrationen von Edward Lear. it 1119

Matthew Gregory Lewis: Der Mönch. Aus dem Englischen von Friedrich Polakovics. Mit einem Essay und einer Bibliographie von Norbert Kohl. it 907

Lord Byron. Ein Lesebuch mit Texten, Bildern und Dokumenten. Herausgegeben von Gert Ueding. it 1051

Katherine Mansfield: Das Gartenfest und andere Erzählungen. Aus dem Englischen von Heide Steiner. it 1724

– Über die Liebe. Herausgegeben von Ida Schöffling. it 1703

Herman Melville: Moby Dick. 2 Bde. Aus dem Amerikanischen von Alice und Hans Seiffert. Mit Zeichnungen von Rockwell Kent und einem Nachwort von Rudolf Sühnel. it 233

James Morier: Die Abenteuer des Hadji Baba. Ein orientalischer Abenteuerroman. Herausgegeben von Hermann Rosenau. it 1731

Samuel Pepys: Das geheime Tagebuch. Herausgegeben von Anselm Schlösser und übertragen von Jutta Schlösser. Mit Abbildungen. it 637

Edgar Allan Poe: Sämtliche Erzählungen in vier Bänden. In Kassette. Herausgegeben von Günter Gensch. (Die Bände sind auch einzeln erhältlich)

- Band 1: Der Teufel im Glockenturm und andere Erzählungen. Aus dem Amerikanischen von Barbara Cramer-Nauhaus und Erika Gröger. it 1528
- Band 2: Die Morde in der Rue Morgue und andere Erzählungen. Aus dem Amerikanischen von Barbara Cramer-Nauhaus, Erika Gröger und Heide Steiner. it 1529
- Band 3: Streitgespräch mit einer Mumie und andere Erzählungen. Aus dem Amerikanischen von Heide Steiner. it 1530
- Band 4: Das Tagebuch des Julius Rodman und andere Erzählungen. Aus dem Amerikanischen von Erika Gröger u.a. it 1531 (nicht einzeln)

Edgar Allan Poe: Der Bericht des A. Gordon Pym. Erzählungen. Übertragen von Barbara Cramer-Nauhaus, Erika Gröger und Heide Steiner. it 1449

153/4/12.96

Englische und amerikanische Literatur im insel taschenbuch

Edgar Allan Poe: Das Geheimnis der Marie Rogêt und andere Erzählungen. Aus dem Amerikanischen von Werner Beyer, Felix Friedrich und anderen. it 783
- Grube und Pendel. Und andere Erzählungen. Mit einem Nachwort von Franz Rottensteiner und Illustrationen von Harry Clarke. Aus dem Amerikanischen von Günther Steinig. ›Grube und Pendel‹ wurde von Elisabeth Seidel übersetzt. it 362
- Grube und Pendel. Schaurige Erzählungen. Aus dem Amerikanischen von Erika Gröger. Großdruck. it 2351
- Der Untergang des Hauses Usher. Meistererzählungen. Aus dem Amerikanischen von Barbara Cramer-Nauhaus, Erika Gröger und Heide Steiner. it 1373

Gwen Raverat: Eine Kindheit in Cambridge. Roman. Aus dem Englischen übertragen von Leonore Schwartz. it 1592

Walter Scott: Ivanhoe. Roman. Deutsch von Leonhard Tafel. Textrevision und Nachwort von Paul Ernst. it 751

Charles Sealsfield: Das Kajütenbuch oder Nationale Charakteristiken. Herausgegeben von Alexander Ritter. it 1163

William Shakespeare: Hamlet. Prinz von Dänemark. Aus dem Englischen von August Wilhelm von Schlegel. Durchgesehen von Levin L. Schücking. Mit Illustrationen von Eugène Delacroix. Herausgegeben und mit einem Essay versehen von Norbert Kohl. it 364
- Romeo und Julia. Aus dem Englischen von Thomas Brasch. it 1383
- Die Tragödie des Macbeth. Aus dem Englischen von Thomas Brasch. it 1440
- Was ihr wollt. Aus dem Englischen von Thomas Brasch. it 1205
- Wie es euch gefällt. Übersetzt und bearbeitet von Thomas Brasch. it 1509

Mary W. Shelley: Frankenstein oder Der moderne Prometheus. Aus dem Englischen von Karl Bruno Leder und Gerd Leetz. Mit Fotos aus *Frankenstein*-Filmen und einem Essay und einer Bibliographie von Norbert Kohl. it 1030

Laurence Sterne: Leben und Meinungen von Tristram Shandy Gentleman. In der Übersetzung von Adolf Friedrich Seubert. Durchgesehen und revidiert von Hans J. Schütz. Mit einem Essay und einer Bibliographie von Norbert Kohl. Illustrationen von George Cruikshank. it 621

Robert Louis Stevenson: Die Schatzinsel. Aus dem Englischen von Karl Lerbs. Mit Illustrationen von Georges Roux. it 65

153/5/12.96

Englische und amerikanische Literatur im insel taschenbuch

Robert Louis Stevenson / Lloyd Osbourne: Die falsche Kiste. Roman. Aus dem Englischen von Annemarie und Roland U. Pestalozzi. Mit einem Nachwort von Norbert Miller. it 1605

Bram Stoker: Dracula. Aus dem Englischen von Karl Bruno Leder. it 1086

– Im Haus des Grafen Dracula. Erzählungen. Aus dem Englischen von Burkhart Kroeber, Michael Krüger, Norbert Miller, Friedrich Polakovics und Wilfried Sczepan. it 1522

Jonathan Swift: Betrachtungen über einen Besenstiel. Ein Lesebuch zum 250. Todestag. Mit einem Essay von Martin Walser. Zusammengestellt von Norbert Kohl. it 1767

– Gullivers Reisen. Mit Illustrationen von Grandville und einem Vorwort von Hermann Hesse. Aus dem Englischen übersetzt von Franz Kottenkamp. Vervollständigt und bearbeitet von Roland Arnold. it 58

William Makepeace Thackeray: Jahrmarkt der Eitelkeit. Ein Roman ohne Held. 2 Bde. Mit Illustrationen von Thackeray. Herausgegeben und mit einem Nachwort von Norbert Kohl. Dem deutschen Text wurde eine Übertragung aus dem Nachlaß von H. Röhl zugrunde gelegt. it 485

Mark Twain: Mark Twains Abenteuer. Herausgegeben von Norbert Kohl. it 1891-1895

– Tom Sawyers Abenteuer. Aus dem Englischen von Karl Heinz Berger. it 1891

– Huckleberry Finns Abenteuer. Aus dem Englischen von Barbara Cramer-Nauhaus. it 1892

– Ein Yankee am Hofe des Königs Artus. Aus dem Englischen von Maja Ueberle. it 1893

– Die Arglosen im Ausland. Aus dem Englischen von Ana Maria Brock. it 1894

– Bummel durch Europa. Aus dem Englischen von Gustav Adolf Himmel. it 1895

– Reisen ums Mittelmeer. Vergnügliche Geschichten. Ausgewählt von Norbert Kohl. it 1799

H. G. Wells: Mr. Polly steigt aus. Roman. Aus dem Englischen von Günther Blaicher. it 1780

– Wie wird man Millionär? Aus dem Englischen von Johann Wagner. it 1716

153/6/12.96